계절 산문

계절 산문

박 준

차례

문구

너는 나무 그림을 좋아하는구나

그걸 어떻게 아셨어요?

오늘도 지난번처럼 연두색과 밤색 물감만을 골라 왔잖아
그러니 알지

그믐

숨 옆에 숨을 가지런히 두고 강을 하나 만들고 싶었지, 발원은 같지만 서로 다른 곳으로 흘러갈, 그 물에 단출한 점심과 서운한 오후와 유난히 말수가 많았던 저녁을 띄우고, 단번에 끊긴 것 같았던 시간이 사실 단번에 끊긴 것만은 아니라는 생각을 흘리고, 비가 그친 날은 있어도 땅이 마른 날은 없었다는 뒤늦음 같은 것도 함께 보내고, 필요하신 분 가져가세요 하는 글씨를 작게 적어두고, 사람의 기대 같은 것으

로, 풀죽은 미움 같은 것으로, 입을 동그랗게 모으고 앉아서,
마음 높이 거짓을 생각하면서.

일월 산문

어려서 좋아하던 놀이가 있습니다. 다만 이 놀이를 하려면 세 가지 조건이 충족되어야 했습니다. 먼저 실컷 눈물을 흘리다가 그쳤을 때만 할 수 있었습니다. 그리고 시간대가 밤이어야 했습니다. 마지막으로 제 주변에 아무도 없어야 했습니다.

이것이 모두 갖추어졌을 때 저는 놀이를 시작했습니다. 방법은 단순합니다. 눈을 작게 뜬 채 가로등을 보면서 고개를 양옆으로 휘휘 돌리는 것이 전부였습니다. 그러면 가로등 불빛이 마르지 않은 눈물 덕분에 여러 모양으로 산란을 했습니다. 거기에 고개까지 흔들면 마치 레이저 쇼를 보는 것처럼 환상적인 광경이 펼쳐졌던 것입니다.

놀이를 하기 위해 억지로 눈물 흘린 적은 없었지만 눈물을 그치기 위해 이 놀이를 하던 때는 있었습니다.

시작

'시작'이라는 말을 떠올리면
마음속에 문이 하나 새로
생기는 듯한 기분이 듭니다

이 문을 유심히 들여다보면 문고리 밑에
'당기시오'라는 글자가 작게 적혀 있을 테고요

시작은 새로운 세계로 나아가는 일이지만
그보다 먼저 나에게 그동안 익숙했던 시간과 공간을
얼마쯤 비우고 내어주는 것에서 출발하는 것입니다

밖으로 열리는 문이 아닌
늘 안으로만 열리는 문

시작이라는 문

다시 저녁에게

밤이 다 되어서야 집으로 돌아왔습니다. 택시를 타고 빠른 길로 올까 잠시 고민을 하다가 이왕 늦은 김에 버스를 타고 천천히 돌아오자며 마음을 고쳐먹었습니다. 한적한 버스를 타는 일은 제가 여전히 즐거워하는 것입니다. 불을 밝힌 상점들을 구경하거나 길을 걷는 사람들의 표정을 살피는 일이 마냥 좋습니다. 이런 기쁨을 두고 어떤 말을 붙일 수 있을까 고민을 했는데, 따로 지어낼 필요 없이 그냥 '유람'이라는 말을 가져오면 되겠다는 생각이 들었습니다.

한번은 친구와 저녁의 시간성에 대해 이야기한 적이 있습니다. 언제부터가 저녁이며, 또 언제까지를 저녁이라 할 것인가? 하는 조금 쓸데없는 물음에서 시작이 된 말들이었습니다. 친구는 어두워지기 시작할 무렵이 저녁의 시작이며, 더는 어두워질 수 없을 만큼 어두워졌을 때가 저녁의 끝이라고 말했습니다. 반면에 저는 저녁밥으로 무엇을 먹을지, 먹는다면 누구와 먹을지 고민을 하는 순간부터 저녁이 시작되며, 밥을 다 먹고서 그릇을 깨끗하게 씻어두었을 때쯤 저녁이 끝나는 것 같다고 말했습니다.

각자 내어놓은 답의 우열을 가릴 필요는 없었지만, 재미 삼아 사전에서 '저녁'이라는 말을 찾아보았습니다. '저녁: 해가 질 무렵부터 밤이 되기까지의 사이.' 사전적 정의라고 하기에는 다소 추상적인 풀이를 보고 친구와 저는 동시에 웃었습니다. 지금 생각해봐도 저녁은 오지 않을 듯 머뭇거리며 오는 것이지만, 결국 분명하게 와서 머물다가 금세 뒷모습을 보이며 떠나갑니다. 물론 저녁이 아니더라도 오고가는 세상의 많은 것들이 이와 다르지 않을 것입니다.

또다시 저녁에게

    오늘 탄 버스는 오래전 살던 동네를 지나쳤습니다. 그 동네에 살던 때 매번 내리던 정류장에서 저의 눈은 커졌습니다. 습관이 만든 일입니다. 처음 그 동네로 이사를 갔을 때부터 정류장에는 어느 할아버지 한 분이 늘 서 계셨습니다. 제가 출근을 하던 아침에도, 퇴근을 하던 저녁에도. 비가 올 때는 우산을 들고 계셨고 눈이 올 때는 대부분 눈을 그냥 맞으며 계셨습니다. 하루에 두 번씩은 마주치는 분이니 언제부터인가 저는 그 할아버지를 뵐 때마다 가볍게 목례를 했습니다. 하지만 제 인사를 받아주신 적은 한 번도 없었습니다.

얼마 안 가서 그 할아버지의 사연을 듣게 되었습니다. 동네에서 새로운 이웃들을 사귄 어머니가 해주신 이야기였습니다. 몇 해 전 할아버지는 아들을 먼저 떠나보냈다고 했습니다. 그 할아버지의 아들은 버스를 타고 출근을 했다가 일터에서 안타까운 사고를 당했는데, 그 일이 있은 뒤부터 할아버지는 첫차가 다니는 시간에 정류장으로 나와 막차가 들어오는 시간까지 자리를 지킨다는 것이었습니다. 버스를 타고 나갔으니 버스를 타고 돌아올 거라 생각하셨겠지요. 처음 동네 사람들은 그런 할아버지를 만류했지만 결국 아무도 할아버지의 고집을 이기지는 못했다고 합니다.

점점 사람들은 정류장에 서 있는 할아버지의 모습을 자연스럽게 여기게 되었습니다. 다만 자연스럽게 여긴다고 해서 안타깝고 슬픈 마음마저 멈췄다는 것은 아닙니다. 그 사연을 들은 후 저 역시 정류장에서 할아버지를 마주칠 때마다 매번 가슴이 가장 낮게 내려앉았던 것이고요.

그러던 어느 날부터 할아버지의 모습이 보이지 않았습니

다. 며칠이 지나도 할아버지는 정류장에 나타나지 않았습니다. 얼마 후 동네 소식에 밝은 어머니로부터 정류장 할아버지가 돌아가셨다는 이야기를 전해 들었고요. 모두들 "차라리 다행이다"라고 이야기한다고 했습니다. 하지만 정말 다행이라고 생각하는 사람은 없었을지도 모릅니다. 슬픔이 끝난 자리에 또다른 슬픔이 왔을 테니까요.

오늘도 그 정류장에는 버스를 타고 내리는 사람들이 있었습니다. 눈을 크게 뜨고 창밖을 보니 밤이 할아버지처럼 서 있었습니다.

입춘

온갖 무렵을 헤매면서도

멀리만 가면 될 것이라는 믿음

그 끝에서 우리는

우리가 아니더라도

이 월 산 문

　그날 부모님이 크게 다투었다. 아빠의 동료들과 가족 동반 야유회에 가기로 약속한 날이었다. 다툼의 표면적인 이유는, 그날 아침 엄마가 돌연 불참을 선언했기 때문이었다. 큰소리가 오가는 상황 속에서도 나는 곧 엄마가 의견을 굽히기를 바랐다. 그래야 나도 누나도 야유회가 열릴 계곡에 갈 수 있으니까. 며칠 동안 이날만 기다려왔으니까. 하지만 그날 싸움은 평소보다 더 길고 컸고 아빠는 아침밥을 먹다 말고 집을 박차고 나갔다. 엄마는 방에 들어가 조용히 누웠다. 많이 아프다고 했다.

얼마쯤 지나 엄마가 나와 누나를 불렀다. 지갑에서 이천 원을 꺼내주었다. 그러면서 큰길가에 있는 슈퍼에 가서 과자를 사 오라고 했다. 수상한 것이 한둘이 아니었다. 평소 엄마는 한번에 이천 원이나 주는 법이 없는데, 큰길가의 슈퍼는 자동차가 많이 지나니 엄마 없을 때에는 가지 말라고 했던 곳인데, 그래서 누나와 나만 있을 때에는 과자의 종류가 많지 않은 집 근처 작은길에 있는 가게만 다녔던 것인데. 그중 가장 낯설고 이상한 것은 엄마가 잘 입지 않던 외출복을 입고 있었다는 것이고 또 울고 있었다는 것이다.

일단 누나의 손을 잡고 집 밖으로 나왔다. 나는 커다란 비밀을 혼자만 알고 있는 듯 누나에게 큰길가에 있는 먼 슈퍼로 가지 말고 늘 다니는 작은길의 가게로 빨리 다녀오자고 했다. 하지만 누나는 어떤 말도 하지 않았다. 걸음이 빠르지도 않았다. 작은길에 있는 가게로 들어가지도 않았다. 그제야 나는 품고 있던 비밀 이야기를 털어놓았다. 아무래도 엄마가 우리를 두고 집을 나갈 것 같다고, 큰길가 슈퍼까지 갔다가 집에 들어가면 엄마는 없을 거라고, 울면서 말했다. 하지만 누나는 아침에 아빠가 짓던 표정보다 더 무서운 얼굴을 하며 내 손을 꼭 쥐고 큰길로 향했다.

집에 돌아오자마자 방문을 열었다. 다행히 엄마가 있었다. 이불을 푹 쓰고 자고 있었다. 그날 부모님이 다툰 진짜 이유는 나중에서야 알게 되었다. 번번이 아버지를 무시하는 말을 하는 한 동료가 있었는데 그와 함께하는 자리에 아이들까지 데려갈 수는 없었다고. 아이들도 이제 알 것은 다 아는 나이라고.

시간이 흘렀지만 여전히 내가 모르는 것이 하나 있다. 그날 왜 누나가 울면서 애원하던 나의 이야기를 들어주지 않았는지. 누나는 엄마가 집을 나갈 거라고 생각하지 못했는지. 그래서 큰길에 있는 슈퍼까지 그것도 유난히 천천히 걸어서 다녀왔는지. 하지만 이제 영영 알 수 없게 되었다. 나는 여섯 살이었고 누나는 여덟 살이었다.

세상 끝 등대 4

불행이 길도 없이 달려올 때

우리는 서로의 눈을 가려주었지

장면

우산을 쓴 아이가
천천히 길을 걷고 있었습니다

그러다 아이는 우산을 비스듬히 기울였고
한쪽 손바닥을 뻗어 하늘을 향해 펴 보였습니다

빗줄기는 잦아들었지만
그래도 아직 빗방울은 떨어지고 있는데

아이는 이만하면 되겠다 싶었는지
우산을 접고서 다시 길을 걸어나갔습니다

올해 제가 보았던
가장 아름다운 장면이었습니다

1박 2일

　하동에 가고 싶습니다. 물의 동쪽이라는 뜻을 가진 지명. 온순해진 섬진강이 바다로 흘러가는 곳. 그 넓은 곳에서는 그간 묵혀두었던 저의 변덕과 어려움을 꺼내도 좋을 것입니다. 하동에 왔지만 막상 하동에는 조금만 머물고 구례로 넘어가고 싶습니다. 구례의 짙은 산빛을 살피다가 다시 남원으로 향할 것입니다. 그러고는 남원, 인월에 있는 어탕국숫집으로 당신을 데리고 가고 싶습니다. 그 집은 맑은 개울에서 잡은 물고기들을 시래기와 함께 진하게 끓여내는 곳입니다. 음식의 맛도 그만이지만 정작 당신에게 보여주고 싶은 것은 그곳에서 부모님의 일을 돕는 한 아이입니다. "시래기 다 떨어졌다" 하는 부모의 말을 들으면 매번 "아, 지겨워" 하고 신경질을 내며 뛰쳐나가면서도 어느새 자신의 키만큼 시래기를 높이 쌓은 손수레를 끌고 우다다다 강변을 뛰어오곤 하는 아이. 분명 당신은 그 장면을 반짝이는 눈으로 볼 것입니다. 그러고는 "이제 가자" 하고 말하는 당신에게 지겨워도 살자고, 새로 살자고, 아니 그냥 지금처럼 살자고 조르고 싶습니다.

선물

-수경 선배에게

잉크를 선물 받은 적이 있습니다. 만년필이 없던 당시의 저에게는 사실 쓸모가 없는 물건이었습니다. 잉크의 색은 '산중山中'이라 했습니다. 궁금한 마음으로 흰 종이에 잉크를 찍어보았습니다. 손톱 끝으로 살짝 묻혀 그어보면 산중은 봄에서 여름으로 넘어가는 색이었고 손가락 하나를 푹 담갔다가 그어보면 색은 여름에서 가을로, 그러다 더 깊은 가을의 산중으로 걸어들어가고 있었습니다. 가장자리에서부터 종이가 울었습니다.

저는 그 잉크가 좋았습니다. 선물을 받은 일도, 계절이 지나는 산중 같은 잉크의 색도 좋았지만 제가 더욱 기뻤던 것은 그것을 제게 준 이가 문방文房을 좋아하는 사람이었기 때문입니다. 사람은 좋아하는 이에게 좋아하는 것을 건네는 법이니까요.

저와 제 가족이 오래전 살다 나온 한옥이 기억납니다. 낡은 그 집의 뒷마당에는 라일락 나무가 한 그루 있었습니다. 제 방 창문을 열어 팔을 뻗으면 나뭇가지의 끝을 만질 수도 있었습니다. 그 나무는 저도 좋아했고 당시 함께 살던 고양이 홍이도 좋아했습니다. 홍이는 나무에서 하루 대부분의 시간을 보냈습니다. 가끔 아침에 일어나 창을 열면 홍이는 제 방과 가까운 가지 끝에 죽은 쥐를 올려두었습니다. 죽은 쥐를 냉큼 받아들지는 못했지만 그래도 매번 고마웠습니다. 그것은 선물이 분명했으니까요.

생각해보니 저도 그렇습니다. 유난히 독주를 좋아하는 저는 간혹 사람들에게 독주를 선물해왔습니다. 술을 즐겨 마시지 않는 이에게는 독주 대신 돌을 선물했고요. 단단하고 빈

틈이 없다는 사실부터 술과 돌은 닮아 있습니다.

선배, 제가 돌절구를 보내드린 일이 있지요. 얼마 후 그것을 받은 선배는 "한참 들여다보고 만져도 보고 쓰기가 아까워서 보고만 있구나"라고 하셨고요. 콩이나 깨 같은 것을 찧고 빻으시라고 보내드린 것이 아니라 선배가 좋아서 보낸 것이었습니다. 사실 돌절구의 원래 값보다 선배가 계신 독일까지의 소포 값이 더 나왔는데, 영수증에 찍힌 숫자를 보며 웃었던 기억도 납니다. 그리고 이렇게 늦은 생색을, 그것도 아주 제대로 내고 있는 지금도 혼자 웃고 있습니다.

지난달 진주에 다녀왔습니다. 선배가 계시는 독일로 가고 싶은 마음을 진주에 가는 것으로 아주 조금이라도 대신하고 싶었습니다. 가장 먼저 진주중앙시장으로 갔습니다. 백 년 가까이 장사를 해왔다는 시장통 식당에 가서 진주비빔밥을 먹었습니다. "점심으로 무엇을 먹었다고? 비빔밥? 비빔밥에는 김이 들어가야 하는데"라고 하셨던 몇 해 전 선배의 말이 저를 그리로 데려간 것입니다. 정말 비빔밥에는 김이 수북 들어 있었습니다. 다만 제가 상상했던 마른 김이 아니라 나물처럼 촉촉하게 무쳐진 김이었습니다. 그것을 신기해하고

반가워하는 저를 보았는지 식당 주인은 '쏙대기'라 부른다고
도 말해주었습니다.

밥을 먹고 나서, 선배가 졸업한 고등학교에 갔습니다. 물론
학교 안으로는 못 들어가고 교문과 담벼락 사이를 걸으며 사
람을 기다리는 사람의 표정을 짓다가 돌아왔습니다. 서울로
오는 길에는 선배의 시집을 다시 읽었습니다. 처음 먹어본
진주비빔밥도 학교 앞에서 한가하게 발을 옮기는 시간도 선
배에게 받은 선물 같은 것으로 여겨졌습니다.

그래도 시만 한 선물은 없었습니다. 다행스러운 것은 이 선
배의 선물을 저뿐 아니라 많은 사람들이 함께 받았다는 사실
입니다. 그리고 이 세상을 살다가 조금 먼저 죽은 사람들도
받았던 것이겠고요. 고맙고 감사하다는 말을 드리고 싶었습
니다. 고맙고 감사하다는 말 다음으로, 시간을 살며 써왔던
선배의 시와 글들이 선배 스스로에게도 가장 좋은 것이었으
리라는 말도 드리고 싶습니다. 사람은 좋아하는 이에게 좋아
하는 것을 건네는 법이니까요.

봄의 혼잣말
－처마 아래 풍경처럼

내리는 봄비를 보다가
'봄비가 오네' 하고 말했습니다

혼잣말을 뱉은 게
무안하고 어색해서

'내가 왜 혼잣말을 하고 있지' 하고
서둘러 말했습니다

그러고는 작게 웃었습니다

강변

모두가 기도를 할 때

나는 눈을 번쩍 뜨고

강가에서 한번 살아봐야지 생각했다

삼월 산문

-봄의 스무고개

여리고 순하고 정한 것들과 함께입니다. 살랑인다 일렁인다 조심스럽다라고도 할 수도 있고 나른하다 스멀거리다라는 말과도 어긋남이 없습니다. 저물기도 하고 흩날리기도 하다가도 슬며시 어딘가에 기대는 순간이 있고 이내 가지런하게 수놓이기도 합니다. 뻗으면 닿을 것 같지만 잡으면 놓칠 게 분명한 것입니다. 따뜻하고 느지막하고 아릿하면서도 아득한 것입니다.

삼월의 편지

그해 함께 걸었던 상림의 가을은 불길할 정도로 깊었습니다. 경남 함양에 있는 상림은 1100년이라는 긴 시간을 흘려보낸 인공 숲이고, 그 길을 걸었던 것은 그때의 당신과 그때의 저였습니다. 몇 해가 지난 일이지만 이상하게도 저는 아직 그 길 어딘가를 걷고 있다는 생각을 합니다. 이 탓에 과거는 가깝고 미래는 멀게 느껴집니다.

과거를 생각하는 일에는 모종의 슬픔이 따릅니다. 마음이 많이 상했던 일이나 아직까지도 화해되지 않는 기억들이 슬픔을 몰고 오는 것은 당연한 일이겠지만 문제는 즐겁고 아름다운 모습으로 남은 장면을 떠올리는 것에도 늘 얼마간의 슬픔이 묻어난다는 것입니다. 아마 이것은 켜켜이 쌓인 시간이 만들어낸 일이라 생각합니다. 숲이 울창해지는 일도 다시 나무들이 앙상해지는 일도 이러한 일과 크게 다르지 않을 것입니다.

서촌에 다녀왔습니다. 우리는 그곳에서 자주 만나 밥을 먹고 술을 마셨지요. 그 골목에 있는데, 그 골목에서 생각했는데, 삶이 꼭 저승 같아졌습니다. 보고 싶은 사람을 보지 못하고 있으니 앉은 자리도 일어선 자리도 돌아갈 자리도 저승이 따로 없었습니다. 그간 괜찮다 괜찮다 생각해왔는데 사실 하나도 괜찮지 않아졌습니다. 집으로 돌아와서는 보내겠다고 몇 자 적어두었던 글들을 버렸습니다. 괜찮다고 생각할 때의 제가 애써 괜찮아 하며 적었던 글이었으니까요. 그러니 지금 보내는 이 편지가 이야기의 처음이 되는 셈입니다.

얼마 전에는 배를 타고 여행을 다녀왔습니다. 생각해보니 그때까지 저는 배를 제대로 타본 기억이 없습니다. 어려서 한강에서 거북선 모양의 유람선을, 부여 백마강에서 나룻배를, 그리고 비교적 최근에 제주 모슬포에서 관광선을 탔던 것이 전부입니다. 파도가 없는 강이나 달리 파도라고 할 것이 없는 연안이었습니다. 하지만 이번 배는 달랐습니다. 여수에서 출발해서 중국으로 향했는데 출항 준비를 할 때만 해도 이전에도 같은 배를 탄 경험이 있는 사람들이 "이 배는 워낙 큰 배라 멀미가 없어" 같은 이야기를 하곤 했습니다. 그들은 하나같이 "파도가 아무리 높아도 배가 크고 길면 그 파도를 융단처럼 깔고 가거든"이라고 덧붙였습니다.

문제는 그다음날이었습니다. 거센 바람이 배의 앞뒤를 흔들었습니다. 여행의 첫날 저녁부터 과음을 한 터라 저는 다음날 정오가 될 때까지 숙취로 괴로운 줄 알았습니다. 함께 과음을 한 룸메이트가 쉴새없이 머리를 움켜쥘 때만 해도 그렇게 생각을 했습니다. 그러다 그 배에서 상주하는 선원이 넋을 놓은 듯 힘들어하는 것을 보고 이것이 숙취가 아니며 나와 룸메이트만 괴로운 것이 아니라는 사실을 깨달았습니다. 나만 그런 것이 아니다, 하는 사실을 인지했을 때 드는 안도감은 사람을 얼마나 유치하면서도 든든하게 만들어주는 것이었던가요.

함께 배를 탄 사람들 모두 그 풍랑의 시간이 서둘러 흘러 가기를 바라는 듯했습니다. 저 역시 같은 마음이었습니다. 다만 지난 시간을 그리워하는 일 혹은 흘러가는 시간을 안타까워하는 일에만 익숙해 있던 제게는 다소 생소한 경험이었습니다.

사는 일이 이상합니다. 마음에 저승 같은 불길이 일고, 그 것을 손으로 비벼 끄다가, 발을 동동 구르다가, 어느새 말과 행동까지 뜨거워져서는 어쩔 줄 몰라 합니다. 하루하루를 이 렇게 보냅니다. 그러다 다시 지금 같은 깊은 밤이면 아무것 도 아니었던 마음의 빈 들판을 봅니다. 제게 주어진 밤이라 는 시간을, 낮 동안 일어난 불길을 덮는 데에 온전히 쓰는 기분입니다.

그해 가을 같지만 그해 가을은 아닌 곳에서 저는 잘 지내 고 있겠습니다. 그해 가을은 아니지만 그해 가을 같을 곳에 서 강건하게 계셔야 합니다. 기회가 닿는다면 상림에 다시 가보고도 싶습니다.

다시 회기

우리는 밤길을
걷고 있었습니다

설게만 생각되는 골목
나는 앞서 걷고 있었고
너는 저만치 뒤에서 걸었습니다

네가 어느새 내 곁으로 다가왔습니다
"걸음이 빠르면 너를 보고 싶어하는 사람들이 힘들어해."
이 말을 남기고

이번에는 나보다 빠르게
앞으로 걸어나갔습니다

사월 산문

가야 할 데가 없어도

가야 할 때가 있는 것처럼

부른다고 오지는 않지만

가라고 하면 정말로 가던 사람이 있는 것처럼

한계

너의 웃는 얼굴이
기억나지 않는 것을 보면

나는 이제 그만
울어도 될 것 같습니다

이해라는 문

교문을 나와 십 분 정도 걸으면 그 분식집이 있었다. 한적한 주택가 건물 반지하, 이름은 따로 있었지만 나와 친구들은 그곳을 세균떡볶이라 불렀다. 별명의 연유는 모르겠지만, 전부터 학교 선배들과 동네 아이들이 그렇게 불러온 것.

세균떡볶이에 들어가면 긴 테이블과 늘어진 의자들이 먼저 눈에 들어오고 그 끝에는 별명을 무색하게 할 만큼 깔끔한 주방이 있었다. 오명에 가까운 별명에도 세균떡볶이는 인근에 사는 초등학생부터 동네 순찰을 도는 의무경찰들까지 단골로 찾던 집이었다.

벽면에는 굵은 유성펜으로 메뉴가 적혀 있었다. 라면이나 김치볶음밥 같은 것도 있었지만 나와 친구들은 매번 한 가지 메뉴만을 주문했다. 튀김 세 개와 삶은 계란 하나가 떡볶이와 함께 범벅이 되어 나오는, 세균 정식이라 부르던 그것. 값은 천 원. 지금으로부터 오래전 그리고 우리가 고등학생이었다는 것을 감안해도 천 원은 그리 큰돈이 아니었다. 덕분에 토요일 점심마다 정기적으로 들렀고 평일 저녁에는 부정기적으로 그곳을 찾았다.

그러던 어느 날 한 친구가 세균떡볶이에 대한 새로운 이야기를 꺼냈다. 우리가 매번 먹었던 정식이 아닌 떡볶이만을 주문해보았는데 값은 오백 원이며 심지어 세균 정식과 동일하게 튀김 세 개와 삶은 계란 하나가 함께 나온다는 것이었다. 그 말을 듣고 나는 농담은 재미가 있을 때 농담일 수 있다고 친구에게 핀잔을 주었다. 그럴 수도 없고 그래서도 안 되는 일이었으니까. 당시 1999년에도 오백 원은 돈다운 돈이 아니었다. 서울 지하철 기본 구간 운임 오백 원, 서울 택시

기본요금 천삼백 원, 막 국내에 1호점을 낸 다국적 커피 전문점의 아메리카노 숏 사이즈가 이천오백 원이었다. 하지만 친구는 크게 억울해하면서 오늘 학교를 마치는 대로 세균떡볶이로 가자고 했다. 자기가 떡볶이를 사겠다고 덧붙이며.

오백 원짜리 떡볶이를 각자 하나씩 시킨 우리는 떨리는 마음으로 기다렸다. 기다리는 동안 "정말 정식과 똑같이 나오면 천 원을 주겠다. 안 나오면 네가 천 원을 내놓아라" "천 원 받고 딱밤 열 대 더" 같은 내기를 했다. 검은색 페인트로 칠한 천장을 올려다보며 "밤하늘 같아"라고 했다가 "시인 같은 소리 하네" 핀잔을 들은 기억도 있다. 시인이 아니라 시인 같은 것이지만, 어쨌든 내가 시인 소리를 들은 것은 그때가 처음이었다.

이어 떡볶이가 나왔다. 제보를 했던 친구의 말처럼 오백 원짜리 떡볶이는 천 원짜리 모둠과 동일한 구성과 양이었다. 이 놀라운 발견 앞에서 우리들은 제값 천 원을 주고 먹었던 지난 시간을 후회했다. 그날부터 우리는 세균떡볶이에 갈 때마다 세균 정식 대신 오백 원짜리 떡볶이를 주문했다. 마치 세계의 큰 비밀을 우리만 엿본 것처럼 즐거웠다. 떡볶이와 튀김과 삶은 계란의 조합은 왜 질리지 않을까 의아해하면서.

하지만 얼마 가지 않아 우리는 다시 천 원짜리 세균 정식을 시키기 시작했다. 먼저 그렇게 하자고 제안한 사람은 없었다. 다만 그래야 한다는 생각을 모두들 비슷한 시기에 했던 모양이었다. 분식집 사장님이 왜 오백 원짜리 떡볶이를 천 원짜리 모둠과 동일하게 내주는지, 이유는 여전히 몰랐지만 그 마음을 짚어보는 순간이 우리에게도 찾아왔던 것이다.

아쉽게도 그 분식집은 몇 해 전 문을 닫았다. 우리들에게 어떤 문 하나를 활짝 열어주고서.

희극

학교에 새로 전학을 온 친구가 있었다. 친구라고 했지만 그는 같은 학년인 우리보다 두 살이나 나이가 많았다. 새로 전학 온 그를 두고 여러 소문이 돌았는데 무섭고 위험한 인물이라는 것이 주된 것이었다. 두 살 차이를 감안하더라도 그는 우리보다 몸집이 컸고 이미 어른의 얼굴을 하고 있었다. 두려움과 공포는 더해졌다.

하루는 그 형이 나를 불렀다. 떨리는 마음으로 그의 앞에

섰고 나는 작은 목소리로 "형, 왜요?"라고 했다. 형은 가방 속에 있던 노트를 꺼내 한번 읽어보라고 했다. 노래 가사를 썼는데 아이들 말로는 네가 글을 좀 쓴다고 하니 읽어보고 고칠 것이 있다면 말을 해달라고도 했다.

아, 내가 무엇을 잘못해서 부른 것이 아니구나 깨닫고 조금 풀어진 마음으로 형이 쓴 가사를 읽었다. 좋아하던 친구가 있었는데 고백을 며칠 앞둔 어느 날 그가 떠나게 되어 죽을 만큼 슬프다는 내용의 가사.

그런데 다음 대목에서 웃음이 터졌다. 그 친구가 떠났다는 것은 죽음을 의미하는 것도 아니었고 다른 사람과 사랑을 시작했다는 것도 아니었다. 바로 전학을 가게 된 것. 아무리 두 살이 많은 형이라고 해도 귀엽지 않을 도리가 있었을까.

나는 애써 웃음을 참으며 내용은 좋은데 이별의 계기가 전학보다 더 비극적인 것이면 좋겠다 하고 답을 했다. 그러자 그 형은 평소보다 더 굳은 얼굴로 자신은 이보다 더 큰 비극은 쓸 수 없다고 했다.

사월의 답장

보내주신 답장을 받고 기뻤습니다. 몇 해 동안 읽었던 문장들 중에 가장 아름다운 것이었습니다. '아름답다'와 '가장'이라는 말이 곱지는 않지만 이해해주실 것이라 생각합니다. 저는 그동안 무엇을 바꾸려고 했습니다. 하지만 바꾸려고 하는 것의 반복만을 하며 흐린 하늘을 보고 있습니다. 김수영처럼 "방만 바꾼 것도" 못 됩니다.

아울러 잘못한 일도 있습니다. 저는 지난번 주신 편지를 가방에 넣고 다녔습니다. 그러던 얼마 후에 선생님을 갑작스럽게 만나 뵐 일이 있었고 저는 얄팍한 마음으로 편지 자랑을 했습니다.

한편으로는 문면이든 이면이든 마음 거친 것이 하나 없어 슬쩍 보여드려도 선생님이 기뻐하실 것이라 생각했습니다. 편지를 일독한 후에 선생님께서는 바로 복사를 하셨습니다. 우리의 내밀을 제가 스스로 깨뜨린 것입니다.

어떤 잘못은 잘못하는 것을 모르고 하고 또다른 잘못은 알면서도 하는데 이번에는 후자입니다. 그래서 더 죄송합니다.

저는 요즘 라디오 진행을 하고 있습니다. 평소 써본 적이 없는 농도의 라디오 대본을 써야 하는 일이 생경하지만 그런대로 즐겁게 하고 있습니다. 자정부터 새벽 두시까지 거의 생방송을 하는 탓에 밥은 잘 먹고 술은 못 마시고 있습니다. 회사는 울면서 다니고 있고요. 그러면서도 고흥이나 남해쯤으로 도망을 가서 몇 해 전부터 유행하는 애플망고라는 작물을 키워볼까 하는 생각도 지피고 있습니다. 아시다시피 이것은 모두 앓는 소리입니다. 신음도 계속이면 절창이 되기를 바라면서. 동시에 문제이면서 문제가 아닌 것은 무병無病이라는 것입니다.

얼마 전에는 재미있는 기록을 하나 발견했습니다. 십여 년 전 처음 공개되어 역사학계가 술렁였다고 하는데 저는 비교적 최근에야 알고서 혼자 술렁였습니다. 이것은 삼백 통에 달하는 정조의 비밀 편지에 대한 내용이었습니다. 이미 알고 계실 수도 있겠지만 전하는 즐거움만으로 오늘의 끝인사를 대신해 거칠게 제 노트에 정리해놓은 글을 옮겨두겠습니다. 계절을 어서 넘어 뵙고 싶습니다.

당시 정조의 편지를 받은 사람은 우의정 심환지. 정조는 자신의 편지를 읽고 나서 즉시 찢거나 불태우라고 했지만 심환지는 명을 거역했다고 한다. 심환지는 노론계를 주도하던 인물로 정조와는 정치적으로 적대적인 관계의 인물. 속설에 의하면 심환지가 중심이 되어 정조를 독살했다는 의혹까지 있었으니까. 하지만 공개된 편지의 내용을 보면 그렇지 않다. 신기하다. 이 비밀 편지에는 심환지를 애정하고 걱정하는 정조의 마음이 가득하다.

"당신은 자기편에서도 경시당하고, 소론에게 거슬리며, 남인에게 미움을 받고 있다. 이렇게 하기를 그치지 않는다면 위로나 아래로나 모두 어찌할 수 없게 될 것이다. 늘 한밤중에 생각하노라면 나도 모르게 안타까워진다. (1798년 3월 27일)"

그러다 심환지의 편지를 받고는 이렇게 답장을 쓴다.

"며칠 동안 소식이 없었는데 편지를 받으니 마음이 놓인다. 나는 시사時事가 눈에 들어오지 않는다. 일마다 그저 마음속에 불길이 치솟게 만들 뿐이다. 불은 심장에 속하니, 여기에 따라 안화眼花, 눈에 불똥 같은 뜨거운 기운의 병세가 나을 기미가 없으니 너무나도 안타깝다. (1798년 7월 8일)"

정조는 자신의 괴로운 마음을 다음과 같이 털어놓기도 했다.

"간밤에 잘 있었는가? 나는 요사이 놈들이 한 짓에 화가 나서 밤에 이 편지를 쓰느라 거의 오경이 지났다. 나의 성품도 별나다고 하겠으니 우스운 일이다. (1799년 11월 24일 아침)"

정조는 편지를 통해 "입조심 안 하는 생각 없는 늙은이"라고 심환지를 비난하기도 하고 줄곧 한자로 적다가도 생각이 꼬였는지 갑자기 한글로 "뒤죽박죽"이라고 적을 때도 있었다. 그리고 웃을 가 呵를 연속해서 쓰는 것을 즐기기도 한다. 요즘식으로 말하자면 'ㅋㅋㅋㅋ'라는 의성어를 적어놓은 것이다.

정조는 세상을 떠나기 십삼 일 전 다음과 같은 생의 마지막 편지를 심환지에게 보낸다.

"뱃속의 화기가 오르기만 하고 내려가지를 않는다. 앉는 자리 옆에 항상 약 바구니를 두고 내키는 대로 달여 먹는다. 이 밖에도 항상 얼음물을 마시거나 차가운 온돌의 장판에 등을 붙인 채 잠을 이루지 못하고 뒤척이는 일이 모두 고생스럽다. (1800년 6월 15일)"

하나와 하나하나

사과 하나

초콜릿 하나

감 하나

배 하나

국화 하나

먹을 게 하나 없어 큰일입니다

원인과 결과

어제는 유난히
바람이 거센 하루였습니다

가지가 많은 나무가 아니더라도
바람 잘 날이 없을 것만 같았습니다

그 바람을 타고 씨앗들은
얼마나 신나게 날아갔을까요

풀과 나무가 자라지 않던 외진 곳
새로 푸르게 돋아나는 것들이 있다면
그것은 다 어제의 바람 덕분일 것입니다

오월 산문

—바둑이 점

얼굴에 큰 점이 있는 사람이 있습니다. 이 사람은 자신의
얼굴에 난 점을 마뜩잖아합니다. 어느 날 한 화가가 그에게
서 초상화를 그려달라는 부탁을 받았습니다. 화가는 어떻게
해야 할까요. 가장 쉬운 일은 점을 그리지 않는 것일 테고 그
다음으로 쉬운 방법은 있는 그대로 점을 그리는 것이 될 것
입니다. 얼굴을 아주 작게 두어 굳이 점까지 그리지 않아도
되는 구도도 생각해보았으나 이것을 초상화라 할 수는 없을

것입니다. 이런 재기(才氣)는 어느 누구에게도 반가운 것이 아니겠지요.

둘러 적었지만 사실 이 화가의 고민은 곧 저에 관한 것입니다. 세상을 살아가는 사람들에게 저마다 상처들이 점처럼 찍혀 있고 물론 저에게도 숨겨지지 않는 큰 점 같은 상처가 있을 것입니다. 이때의 글은 사람의 상처와 얼마나 마주해야 할까요. 아니 꼭 글을 쓰지 않더라도 말을 뱉거나 생각을 할 때 우리는 자신과 타인의 상처를 어떻게 직면하거나 애써 외면해야 할까요.

만약 제가 화가였다면 그 사람의 옆으로 가서 스케치를 시작했을 것입니다. 점이 보이지 않는 한쪽 얼굴만을 그리는 것입니다. 이렇게 한다고 해서 소홀이나 왜곡이 되는 것은 아닐 테니까요. 옆모습을 그리고 있노라면 어느새 바람이 불어와 그의 머리칼을 부드럽게 휘날려줄 것입니다.

혹은 별이 많은 밤, 바닥에 누워 그의 얼굴을 올려다보며 그림을 그릴 수도 있겠습니다. 캄캄한 밤하늘과 숱한 별들을 담고, 얼굴과 점도 함께 그려냈을 것입니다. 그러면 별이 점 같고, 점은 별처럼 보일 테지요. 물론 제가 미처 생각하지 못하는 더 좋은 방법도 있을 것입니다.

저도 어려서 광대와 눈 사이에 점이 있었습니다. 진한 갈색이었고 꽤나 넓은 점이었던 탓에 멀리서 누군가가 저를 볼 때에도 곧잘 눈에 드는 점이었습니다. 사진에 찍힐 때에도 매번 그 점이 도드라져 보였습니다. 제 누나는 그 점이 누런 바둑이 강아지를 닮았다고 해서 바둑이점이라는 이름을 붙여주었습니다. 별도 아니고 강도 아니고 산도 나무도 아닌 얼굴의 점 하나가 이름을 가진다니요.

저는 바둑이점이라는 이름이 싫으면서도 좋았습니다. 일단 제 얼굴에 있는 점이 부각되는 탓에 부끄럽고 싫은 마음이 들었습니다. 그러면서도 한편으로는 바둑이라는 귀여운 이름이 붙은 것이 좋았습니다. 그래서 혼자 거울 앞에서 점의 앞부분을 강아지의 머리로 여기고 뒷부분을 꼬리처럼 생각하며 눈으로 점의 모양을 따라 그어보기도 했습니다.

나이가 들수록 바둑이점은 점점 넓어졌습니다. 몸이 자라고 얼굴이 커지면서 생기는 당연한 일이었습니다. 지금 제 얼굴에는 당시 있던 점이 보이지 않습니다. 점이 갈수록 넓어지고 색이 연해지면서 피부와 크게 다르지 않게 된 것입니다. 저의 바둑이점은 그렇게 사라졌습니다. 이 슬프지 않은 일을 함께 슬퍼해주셨으면 좋겠습니다.

생각 끝에 슬픈 일이 하나 더 떠올랐습니다. 오월이 되면 덕수궁에 등꽃을 보러 가야지, 그 등꽃 아래에서 한참 앉아 있다가 돌아와야지 하는 저만의 계획을 가지고 있었는데요. 그렇게 하지 못한 채 지난 오월의 시간을 다 흘려보냈습니다. 이제 막 오월이 지났으니 다시 새로 오월이 오려면 시간은 가장 추운 길을 지나야 할 것입니다. 이 슬픈 일도 함께 슬퍼해주셨으면 합니다.

어떤 독해

이건 나에게 못할 짓이야
물론 너에게도 못할 짓이고

너에게 화가 났다고 해서
너를 좋아하지 않는 것은 아니야

나도 보고 싶어
그런데 만나고 싶지는 않아

저는 아무래도 이 세 가지 말을
영영 이해하지 못할 것입니다

다시 침묵에게

　제가 좋아하고 따르던 선생님이 계셨습니다. 선생님의 학교 연구실 문은 늘 열려 있었고 저는 자주 그곳에 들어가 시간을 보냈습니다. 누구에게나 인자하고 온화한 분이셨지만 워낙 말수가 적었던 탓에 친구들은 선생님을 조금 어려워했습니다. 연구실에서 나오는 저를 볼 때마다 친구들이 신기해하며 물었습니다. 선생님과 어떤 이야기를 나누기에 매번 그렇게 오랜 시간 머물다가 나오느냐고요. 저는 별말을 하지 않는다고 답을 했지만 친구들은 믿지 않는 눈치였습니다.

하지만 그것은 사실이었습니다. 연구실에 들어서서 인사를 드리고 나면 딱히 할말이 없었거든요. 이후로는 침묵이 흘렀습니다. 다만 그 침묵이 싫지 않았습니다. 침묵 속에서 저는 서가에 꽂힌 책을 꺼내 읽었고 선생님은 그림을 그리거나 누군가에게 보낼 편지를 적었습니다. 다시 침묵 속에서 저는 노트를 펼쳐 책의 내용을 옮겨 적었고 선생님은 찻잎에 뜨거운 물을 부어 제게 건네주곤 했습니다. 간혹 말이 오고 갔지만 그리 길지는 않았습니다.

그때 저는 침묵도 부드럽고 다정할 수 있다는 것을 알았습니다. 침묵을 불편해하지 않는 사람과 함께 침묵의 시간을 보내는 일이 참 귀하다는 것도 알았습니다. 어떤 말이 침묵을 닮았고 또 어떤 말은 침묵과 거리가 멀다는 것을 그때 배웠습니다.

요즘 저는 아무것도 아닌 날들을 이어 보내고 있습니다. 새로운 일을 꾸미기에는 조금 지쳤고 이미 꾸며진 일들에는 마음이 선뜻 닿지 않습니다. 이러한 닫음이나 닫힘이 좋은 삶의 태도가 아니라는 것을 잘 알고 있습니다만, 그냥 이렇게 알고 있다는 것 정도로 경계와 반성을 대신합니다. 한편으로는 이런 시간이 무엇을 기다리고 기대하는 것으로 느껴지기도 합니다. 뭉근한 침묵과 함께 말입니다.

새 녁

천천히 살고 싶었습니다
다정을 맡기고 싶었습니다

나를 숨겨주는 사람을
믿고 살고 싶었습니다

혼자 밥을 먹는 일

아무리 반복해도 좀처럼 익숙해지지 않는 일들이 있습니다. 식당에서 혼자 밥을 먹는 일도 그중 하나입니다. 집에서 혼자 밥을 지어 먹을 때면 차분하고 무엇인가 경건한 기분이 느껴지는데, 이와 달리 밖에서 혼자 밥을 사 먹을 때면 늘 불안하고 쫓기는 마음이 앞섭니다. 마치 이것은 내가 불편함을 느끼는 사람이나 나를 불편하게 여기는 사람과 밥을 먹어야 하는 것처럼 난처합니다. 그래서 저는 혼자 외출했을 때 자주 끼니를 거릅니다.

혼자인 것은 잘못이 아니며 밥을 사 먹는 일도 당연히 잘못된 일이 아닌데 왜 저는 이 혼밥을 어려워하는 것일까요. 이유를 헤아려보자면 여럿입니다. 저는 타인의 눈치를 자주 살피는 성향을 갖고 있는데, 혼자 밥을 먹을 때면 주변 상황과 사람들이 더욱 의식이 됩니다. 마치 문명 이전, 야생에서의 인류가 사주를 경계하며 식사를 하던 풍경처럼 말입니다.

아울러 식당에서는 혼자 오는 손님을 그리 반기지 않으리라는 막연한 걱정도 한몫을 합니다. 물론 요즘에는 혼자 오는 손님을 배려해주는 음식점이 생겨나고 있습니다. 한번에 여러 메뉴를 맛볼 수 있는 1인 세트 메뉴가 있는가 하면 도서관처럼 칸막이를 설치해 1인 전용 좌석을 만들어놓은 곳도 있습니다. 하지만 여전히 많은 식당에는 2인 이상만 주문할 수 있는 메뉴가 있고, 북적북적한 식사 시간에 네 명이 앉는 넓은 테이블에 외따로이 앉아 공연히 미안한 마음을 느끼게 되는 경우도 잦습니다.

그렇지만 어쩔 수 없이 밖에서 밥을 먹어야 하는 날이 있습니다. 생각보다 일의 진척이 느려 외출 시간이 길어졌을 때, 그래서 커다란 허기를 마주했을 때, 혼밥의 불편함을 감수하더라도 따뜻한 밥 한 그릇이 절실하게 다가올 때 저는 혼자 밥을 먹습니다.

혼자 밥을 먹어야 하는 날이면 주로 패스트푸드점을 찾거나 분식처럼 비교적 간단한 음식을 먹습니다. 아무래도 눈치가 덜 보이는 것입니다. 하지만 이런 음식점을 찾을 수 없는 경우라면 가급적 손님이 적어 보이는 식당에 갑니다. 천천히 길을 걸으며 그 동네에서 가장 한산한 식당을 찾는 것입니다. 찾았다 싶더라도 단번에 식당 문을 열고 들어가는 법은 없습니다. 걸었던 길을 다시 서성이며 한참 더 살피는 것이 보통입니다. 만약 점심식사를 해야 한다면 대부분의 사람들이 찾는 정오쯤이 아니라 오후 한시 반이나 두시 넘어 식당을 가는 것도 좋은 방법입니다. 그쯤 가면 저처럼 혼자 온 사람들이 고요하게 각자의 밥을 먹는 것을 볼 수 있습니다. 마음이 편해지는 풍경입니다. 하지만 단점도 있습니다. 브레이크 타임을 의식해 조금 급하게 밥을 먹어야 할 수도 있고, 한바탕 손님맞이를 끝내고 늦은 점심을 드시는 식당 직원 분들을 방해할 위험도 있으니까요.

제가 어려서 보았던 공상과학만화에서 주인공들은 음식이 아닌 캡슐 같은 것을 먹었습니다. 불고기맛 캡슐이 있고 우동맛 캡슐이 있고 딸기케이크맛이 나는 캡슐도 있었습니다. 하지만 이런 미래만은 현실이 되지 않았으면 합니다. 혼자 밥을 사 먹는 날이 이어지더라도 혹은 허기를 참고 있다 해도 이런 것은 반갑지 않습니다.

먹는 일이 곧 사는 일 같기 때문입니다. 먹는 일이 번거롭게 느껴지는 날에는 사는 일도 지겹고, 사는 일이 즐거울 때에는 먹는 일에도 흥미가 붙습니다. 이것은 저만 생각한 것은 아닌 듯합니다. 국어사전을 보아도 '먹다'와 '살다'는 이미 서로 만나 한 단어가 되어 생계를 뜻하는 말이 되었습니다. '먹고살다'.

앞으로도 저는 낯선 식당들에서 자주 혼자 밥을 먹으며 살아갈 것입니다. 꼭꼭 씹어 먹다가 저처럼 혼자 있을 법한 이에게 으레 전화를 한 통 걸기도 할 것입니다. '밥 먹었어?'로 시작되어서 '밥 잘 챙겨 먹고 지내'로 끝나는 통화.

오늘은 무엇을 드셨을지 궁금한 밤입니다.

헬 카페

친구에게 전화가 걸려왔습니다
신난 목소리였습니다

카페 영업을 마치고 나면 늘 정산을 하는데
어제는 따뜻한 커피가
차가운 커피보다 한 잔 더 팔렸고
오늘은 따뜻한 커피와 차가운 커피가
정확히 똑같이 팔렸다고 했습니다

야, 내일부터 여름이다
친구가 말했습니다

유월 산문

전남 곡성에 관한 글을 쓰기 위해 사진작가인 친구와 남쪽으로 내려가는 길이었습니다. 그해는 이른 여름부터 유난히 비가 많았던 것으로 기억합니다. 이미 많은 비가 내린 도로는 운전 경험이 많지 않았던 당시의 제게 큰 두려움으로 다가왔습니다. 그동안 그 길을 달려왔던 타이어들의 마찰열로 노면은 움푹 꺼져 있었고 그 위로 빗물이 고여들면서 차는 땅이 아니라 물 위를 달리는 것 같았습니다. 핸들을 꼭 쥐어도 차체가 자주 들어졌습니다.

미끄러운 도로와 폭우보다 여정을 힘들게 한 것은 자동차의 고장난 에어컨이었습니다. 서울에서 출발할 때부터 바람이 시원하지 않더니 평택쯤 지나자 아예 찬바람 대신 더운 바람이 나왔습니다. 친구는 이마에 맺힌 땀을 닦으며 저를 타박했고, 다시 땀을 한번 닦아내고는 제 차를 타박했습니다. 평택 지나 어디쯤에서 고속도로를 빠져나와 근처 카센터에서 자동차 에어컨 가스를 충전했습니다. 카센터의 주인은 어딘가에 균열이 생긴 것 같으니 지금 충전해도 냉매 가스가 언제 빠져나갈지 모른다고 말했습니다. 서울에 가면 다시 점검을 받아보라는 조언과 함께.

슬프게도 그의 예상은 너무 이르게 현실이 되었습니다. 에어컨 바람의 냉기가 한 시간을 넘기지 못하고 사그라들었던 것입니다. 비가 오는 날이라 참지 못할 만큼의 더위는 아니었지만, 유리창에 자꾸 차오르는 습기 탓에 앞이 잘 보이지 않았습니다. 생각 끝에 휴대전화와 노트북, 카메라와 책처럼 젖으면 안 될 물건들을 트렁크에 넣어두고 다시 곡성을 향해 달렸습니다. 비가 들이치든 말든 창문을 얼마쯤 열고서 말입니다.

곡성에 도착해 고속도로 인터체인지를 빠져나올 때, 저와 친구를 번갈아 바라보던 요금소 직원분의 눈빛을 아직도 또렷이 기억합니다. 머리와 옷이 흠뻑 젖은 채, 파래진 입술을 떨며 압록유원지로 가는 길을 물었으니……. 분명 그분 또한 저희를 오래 기억할 것입니다.

첫번째 목적지인 압록유원지에서 우리는 텐트를 쳤습니다. 다행스럽게도 비는 그쳐 있었고요. 물안개가 자욱한 강변의 풍경과 이제는 잘 사용하지 않는 '유원지'라는 단어에서 오래 묵은 정서가 살아났습니다. 유원지의 큰 철교 밑은 보성강과 섬진강이 만나는 곳이었습니다. 재미있는 것은 이 만남의 풍경이 그리 평화롭지만은 않았다는 것입니다. 어떨 때는 섬진강이 보성강을 삼키듯 뒤덮기도 하고 또 어떤 순간에는 보성강이 섬진강 쪽으로 반격하듯 역류하기도 했습니다.

해가 질 무렵, 유원지 인근 식당으로 저녁밥을 먹으러 갔습니다. 수조에는 처음 보는 물고기들이 가득했는데 식당 주인에게 물어보고 나서야 그것이 은어임을 알 수 있었습니다.

때마침 은어가 제철이며, 살에서 잘 익은 수박 향이 난다는 말을 듣고 우리는 은어 매운탕과 튀김을 주문했습니다.

식당 주인은 우리에게 은어에 대한 말을 더 늘어놓았습니다. 은어는 강에서 태어나 바다로 나갔다가 산란을 위해 다시 강으로 회귀하는 어종이라 했습니다. 일반적인 물고기와는 달리 치어, 벌레, 지렁이 같은 것을 먹지 않고 오로지 돌 사이에 낀 이끼만을 먹이로 삼는다고도 했습니다. 이 까닭에 흙냄새나 다른 비린내 없이 수박 같은 향긋함만 머금고 있다는 것입니다.

일반적 낚시 방법으로는 은어를 잡을 수 없어서 고안해낸 것이 '놀림낚시'라고 합니다. 이 낚시법은 자신의 구역을 지키려는 은어의 습성을 이용합니다. 가장 먼저 '씨은어'라고 부르는 팔팔한 은어 한 마리를 낚싯줄에 고정시킨 다음 다른 은어가 있을 만한 곳에 풀어둡니다. 그러면 자신의 구역을 침범했다고 여긴 다른 은어는 씨은어를 공격하려 달려드는데 이때 낚싯줄에 매달린 바늘에 몸이 꿰이며 잡히는 것입니다.

이야기를 듣는 동안 주문한 음식들이 상에 올랐습니다. 튀

김이든 탕이든 은어의 살에서는 정말 수박 향이 은은하게 배어나오는 듯했습니다. 하지만 어쩐 일인지 은어 요리를 먹는 일이 그리 유쾌하지 않았습니다. 질투나 분노 같은 감정으로 타인을 함부로 대하다가 결국 스스로를 곤경에 빠트렸던 적이 저에게도 종종 있었으니까요. 수박 향이 그립다면 다음에는 그냥 수박을 먹어야겠다고도 생각했습니다.

저녁밥을 허술하게 먹어서인지 혹은 잠자리가 낯설어서인지 그날 밤 저는 쉽게 잠들지 못했습니다. 서늘한 유월 밤을 그냥 보고만 있었습니다.

무렵

나 앞머리 자른 거 모르겠어?

오늘 처음 봤을 때부터 알고 있었어, 잘 어울려

야, 사람이 말할 때 좀 진심을 담아서 해야지

사실 말하기 전까지는 진심이었어

회차

바닷가 마을에 있다는 그 고등학교를 찾아가는 길이었습니다. 기차역에서 학교까지는 약 25킬로미터. 택시를 타고 고속도로를 지나면 이십 분 정도면 갈 수 있는 거리였습니다. 하지만 일찌감치 도착한 저는 버스를 타기로 했습니다. 역 앞에서 버스를 타면 되고 약 오십 분 동안 수십 개의 정류장을 지날 예정이라 했습니다. 큰 장이 열리고 있는 시내를 지나자 버스는 국도를 달리기 시작했습니다.

연동 백토 인덕 조례 우산

상림 석현 별량 봉덕 신석

척동 서동 칠동 덕산 도흥

용두 구룡 호동 동막 금치

진치 진토재 장양 양동

목적지에 내릴 때까지 다섯 사람이 버스를 탔습니다. 현금을 낸 사람은 한 명이었고 나머지는 모두 교통카드를 꺼냈습니다. 그중 어떤 이는 "내가 낼게"라고 말하며 뒤따라 올라타는 일행의 목소리에 씩 웃었습니다. 버스는 느리게 달렸지만 서두르는 사람은 없었고 우리 모두를 내려준 버스는 다시 길을 돌아 달려나갔습니다.

양동 장양 진토재 진치

금치 동막 호동 구룡 용두

도흥 덕산 칠동 서동 척동

신석 봉덕 별량 석현 상림

우산 조례 인덕 백토 연동

여름 자리

낮이 분명하게 길어졌습니다. 저는 하루종일 저의 하루를 살아가느라 이렇게 지쳤는데 어둠은 조금 전에야 막 드리워지기 시작했습니다. 허정허정 집으로 돌아오는 길의 초입에는 어느 집 담장 너머 만발한 능소화들이 이정표처럼 서 있습니다. 이 길이 제 집으로 가는 길이 맞는다는 듯이, 혹은 지금부터가 여름이라는 듯이.

능소화는 바람에 흔들리고 덩달아 능소화가 만들어낸 그림자도 흔들립니다. 발끝으로 그림자를 몇 번 따라 짚어보다가 그만둡니다. 온통 흐르는 것들을 지나 드디어 제 방으로 돌아옵니다. 제가 누우면 하루와 어둠과 가난도 따라 눕습니다. 함께 잠이 듭니다. 벌써부터 방은 덥고 새벽쯤 땀을 흘리며 잠이 깬 저는 일어나 물을 마십니다. 물을 마시고 살금살금 자리로 돌아와 조용히 다시 눕습니다.

장마를 기다리는 마음

어려서부터 동물들이 좋았습니다. 초등학교 때에는 길에 놓인 끈끈이 쥐덫에 어린 쥐가 달라붙은 것을 보고 그것을 떼어주느라 두 시간이나 늦게 등교를 한 적이 있습니다. 장마가 지나간 날에는 집에서 나무젓가락과 작은 그릇을 챙겨들고 나와 웅덩이에 빠진 풍뎅이나, 길을 잃고 아스팔트까지 나온 지렁이를 풀숲으로 옮겨주는 것이 일이자 놀이였습니다. "원래 개는 안 아파"라는 말을 하는 이웃집 주인 대신, 아파 보이는 그 집 개를 동물병원으로 데려간 기억도 있습니다.

　문제는 동물을 좋아할수록 사람을 대하기가 어려워졌다는 것입니다. 그날은 학원 수업을 마치고 집으로 돌아오는 길이었습니다. 눈앞에서 낯선 개가 한 승용차에 부딪쳤습니다. 동물병원으로 데려가려 그 개를 안았을 때 차의 창문이 반쯤 내려갔습니다. 이어 운전자는 "너희 개야? 조심히 키워야지" 하며 천 원짜리 몇 장을 던지고 그곳을 떠났습니다. 물론 돌발적인 사고였으니 마냥 그 운전자를 미워할 수 없는 일입니다. 다만 떨리는 듯한 목소리와, 지폐를 던지고 나서 황급히 창문을 올리는 그의 표정이 아쉽고 안타깝게만 여겨졌습니다. 차라리 그가 감정의 동요조차 없는 사람이었으면 어땠을까 하는 상상도 했습니다. 그렇다면 저는 그를 미워만 했을 것입니다. 결국 그 돈은 개와 함께 묻어주었습니다. 이후로도 비슷한 일이 있었지만 다 옮겨 적지는 않겠습니다. 분노와 수치의 감정은 이 글과 어울리지 않습니다.

　그래도 지난여름의 일은 옮기겠습니다. 제 부모님이 살고 계시는 시골집, 그 바로 옆집에는 지난 늦봄부터 개가 한 마리 묶여 있었습니다. 경계 없이 귀를 뒤로 한껏 젖히며 꼬리를 흔드는 개를 보고 저는 웃었지만 마음은 복잡해졌습니다. 그 집 주인은 키우는 개를 먹는 사람이었기 때문입니다. 심지어 저희 부모님이 처음 이사를 왔을 때에는 왜 당신들은 개를 방에 들이고, 사료에 간식까지 먹이냐며 동물 애호가가 납셨다고 비아냥을 하던 사람이었습니다. 당연히 그 집은 키우는 개에게 밥 대신 잔반을 주었고 물도 꾸준히 채워주는 법이 없었습니다. 키운다라는 말보다는 묶어둔다는 말이 더 알맞을 것입니다.

저는 부모님 집에 갈 때마다 개들에게 줄 간식을 사 가곤 했는데 언젠가부터 옆집 개의 몫도 챙기기 시작했습니다. 너무도 자의적인 것이지만 '누피'라는 이름도 붙여주었습니다. 애니메이션에 나오는 스누피라는 캐릭터와 꼭 닮아 있었기 때문입니다. 여름이 다가올수록 마음이 다급해졌습니다. 하지만 방법은 그리 많지 않았습니다. 돈을 두둑하게 주고 옆집 주인에게 누피를 살 수는 있겠지만 막상 키울 사람이 없었습니다. 부모님 역시 옆집과의 관계 때문에 어렵다고 하셨습니다. 한 번씩 만날 때마다 찬물을 한 바가지씩 마시는 누피를 지켜보며 저의 고민은 더 깊어졌고요. 주변에 키울 만한 사람들을 수소문해보는 사이 칠월이 다가오고 있었습니다.

마지막으로 누피와 만났을 때의 장면이 선명합니다. 평소처럼 바가지에 담긴 찬물을 급하게 마시던 누피는 갑자기 고개를 들어 저를 올려다보았습니다. 그 순간에는 연신 흔들던 꼬리도 멈추었습니다. 오 초 정도 되는 짧은 시간, 누피는 정확히 제 눈을 보고 있었습니다. 그러다 다시 누피는 고개를 숙여 물을 마셨습니다. 이번에는 제가 하늘을 올려다보았던 것이고요.

그날 집으로 돌아오면서 수일 내로 누피를 데려오겠다고 마음을 먹었습니다. 하지만 며칠 후에 갔을 때는 누피는 없고 제가 두고 간 바가지만 덩그러니 놓여 있었습니다. 그래도, 그래도 하나 다행인 점이 있다면 그 바가지에는 며칠 내린 소나기로 물이 절반쯤 차 있었다는 것입니다. 어쩌면 여름비는 짧게 묶여 있는 목마른 개들을 위해 내리는지도 모른다는 생각을 합니다.

벌써 여름 같은 날들이 이어지고 있습니다. 세찬 비는 아직 멀었을 테고요. 걱정입니다.

저녁과 저녁밥

　이른 휴가, 제가 머문 곳은 오래된 한옥이었습니다. 안채에
는 주인 내외가 계시고 저는 조금 떨어진 별채에 머물렀습니
다. 시를 쓰겠다고 떠나온 여정이었지만 그렇다고 바로 써지
는 것은 아니었습니다. 일상과 직장에서 벌어진 일들이 아물지
않은 상처처럼 그곳까지 따라온 탓이었습니다. 그렇게 며칠
동안 저는 마을과 산길을 걷는 것으로 시간을 보냈습니다.
　혼자 온 제가 마음이 쓰였는지 주인집 어른들은 삶은 감자

같은 간식들을 종종 방 앞에 두고 가셨습니다. 그러고는 앞으로 안채에서 저녁밥을 함께 먹자고도 하셨습니다. 저녁마다 저는 과일이며 맥주 같은 것을 사 들고 안채로 가서 손님보다는 손주처럼 시간을 보냈습니다.

나흘째 되던 날 낮 동안 몇 통의 전화를 받았습니다. 공교롭게도 모두 좋지 않은 소식들. 괴로운 마음에 그날 저는 유난히 먼 산책길을 돌아야 했습니다.

발을 길게 끌며 민박집으로 돌아왔을 때 주인 할머니는 "뭐한다고 땡볕에 종일 걷기만 한대, 어서 씻고 저녁 먹어"라고 말하셨고 저는 머뭇거리며 저녁 생각이 없다고 답을 드렸습니다. 그러자 주인 할머니는 "저녁은 저녁밥 먹으라고 있는 거야"라고 다시 말하셨고요.

별것 아닌 할머니의 이 말은 큰 힘이 되었습니다. '저녁은 저녁밥 먹으라고 있는 것이지, 너처럼 후회하고 괴로워하라고 있는 게 아니야'라는 말로도 바뀌어 들렸으니까요.

또 저녁입니다.

칠월 산문

어떤 이름을 반복해서 발음해볼 때가 있습니다. 그러다보면 점점 그 이름이 낯설어지는 때가 있고, 어쩌면 이렇게 딱 맞는 이름이 붙게 되었을까 하고 감탄을 하게 될 때도 있습니다. 명명마다 유래와 어원은 따로 있지만 음성학적으로만 보아도 비는 정말 비라고 불러야 할 것 같고 별은 별이 아니면 달리 부를 수 없겠다는 생각을 합니다.

우동도 그렇습니다. 저는 우동, 하고 발음할 때 입술이 동

그렇게 모이는 모양을 좋아합니다. 이때의 입 모양은 마치 한 가닥 남은 면발을 호로록 빨아들일 때와 꼭 닮아 있습니다. 우동은 사실 가락국수로 순화해서 표기할 수도 있는 외래어이지만 현실적으로 대체가 불가능한 것입니다. 대부분 사람들의 인식 속에서 가락국수와 우동은 이미 다른 음식이 되어 있으니까요.

천렵川獵이라는 말도 좋아합니다. 천렵, 천렵, 하고 몇 번 소리 내어 발음을 해보면 서늘한 강바람이 불어오는 것 같기도 하고 종아리 사이를 스치며 작은 물고기들이 지나는 것 같기도 합니다. 천렵 다음에 '국'이나 '탕'이라는 따뜻한 말이 따라붙는 것도 마음에 듭니다. 냇가에서 잡은 물고기를 바로 끓여 먹는 것이지요. 하지만 막상 제게는 천렵에 대한 기억이 그리 많지 않습니다. 어릴 적 외가 근처의 하천에서 피라미나 모래무지를 잡던 것이 전부입니다.

물론 한두 번 정도 잡은 물고기를 끓여 먹어본 적도 있었습니다. 고추장의 텁텁함과 비릿한 흙냄새가 반쯤 섞여 있던 맛. 요리를 잘하지 못한 저의 탓도 있었겠지만, 어떻게 해도 입맛에 맞을 것 같지는 않았습니다. 그렇게 저는 천렵을 즐기는 사람은 못 되었지만 여전히 꿋꿋하게 천렵이라는 말만큼은 좋아하고 있습니다.

또 저는 지도를 보는 일을 좋아합니다. 어린 시절 제 책상 위에는 늘 대한민국 전도가 놓여 있었습니다. 도시와 강, 평야나 산맥의 이름들을 외웠고 철도와 주요 도로의 시작과 끝을 눈으로 이어보는 날도 많았습니다. 물론 지금도 자주 지도를 봅니다. 과거와 달라진 것이 있다면 가보지 못한 지명보다 가본 지명이 더 많아졌다는 점과 종이 지도가 아닌 인터넷 화면으로 지도를 본다는 것입니다.

인터넷 지도는 간단한 조작만으로 지도의 축척을 변경할 수 있고 지형도나 지적도도 함께 겹쳐 볼 수 있어 편리합니다. 위성에서 내려다보는 지상의 모습도 신기한 것이지만 제가 더 좋아하는 것은 지도상의 길을 실제로 카메라가 지나며 촬영한 모습입니다. 흔히 로드뷰라고 부르는 것 말입니다.

이것과 함께라면 저는 동에 번쩍 서에 번쩍할 수 있습니다. 부산 다대포의 몰운대에 머물렀다가 금세 같은 이름을 가진 강원도 정선의 몰운대로 갈 수 있습니다. 몰운대 다음에는 북대교로 가는 것이 보통입니다. 북대교는 역시 강원도 정선에 있는 작은 다리입니다. 아래에는 맑은 동강이 흐르고 다리를 건너면 정선초등학교 가수분교라는 아름다운 학교도 나옵니다.

며칠 전에는 여름 감기로 고생을 했습니다. 새벽 무렵에는 고열 탓인지 한번 깬 잠이 다시 오지 않았습니다. 문득 바다 한번 가보지 못하고 이 여름을 다 보내는구나 하는 아쉬움이 들었습니다. 지도를 열고 제가 좋아하는 제주의 해안길들을 짚어보았습니다.

살아가면서 좋아지는 일들이 더 많았으면 합니다. 대단하게 좋은 일이든, 아니면 오늘 늘어놓은 것처럼 사소하게 좋은 일이든 말입니다. 이렇듯 좋은 것들과 함께라면 저는 은근슬쩍 스스로를 좋아할 수도 있을 테니까요.

멀리서, 나에게

얼마 전 제가 다녔던 서울 종로의 한 고등학교에 다녀올 일이 있었습니다. 교문을 지나자 운동장이 보였고 곧 석조 양식의 건물이 눈에 들어왔습니다. 본관에 들어서자 평소에는 마냥 잊고 있던 당시의 기억들이 줄줄이 떠올랐습니다. 아주 작고 사소한 기억까지 불쑥불쑥 튀어나왔는데, 그 기억이 다음 기억을 부르고 또 뒤를 이어 또다른 기억이 자연스럽게 이어지는 과정이 신기하게 느껴질 정도였습니다. 어쩌면 기억이라고 하는 것은 특정한 장소에 반쯤 머물러 있고 나머지 반은 우리의 머릿속에 있는 것이라는 생각도 해보았습니다.

그때만 해도 주 오일제라는 제도가 없었으니 월요일부터 토요일까지 등교를 했습니다. 물론 방학에도 특별한 사유가 없으면 학교에 나가 보충 수업이나 자율 학습을 해야 했습니다. 어떻게 그 지겨운 반복을 참아냈을까, 생각하면 참 아득해집니다. 물론 그 시기를 함께 지나온 대부분의 친구들이 그러했지만 말입니다. 고등학교를 다니면서 제가 반복했던 일이 하나 더 있었습니다. 그것은 바로 일기 쓰기. 하지만 일기는 저의 의지로 쓴 것이 아니라 일기를 써야 한다는 학칙 탓에 썼던 것입니다.

집으로 돌아와서 그 시절의 일기장을 꺼내 읽었습니다. 읽는 내내 마음으로 웃었습니다. 사실 그때 제가 일기장에 적은 것들은 하루의 일을 솔직하게 기록한 것이 아니었기 때문입니다. 이유는 있었습니다. 일단 당시 저의 하루하루는 지나치게 비슷했습니다. 아침밥을 먹고 학교에 갔다가 집으로 돌아와 일기를 쓰고 잠을 자는 것이 일상의 전부였던 것입니다. 일상은 매번 같은데 일기까지 반복하기는 싫었습니다. 물론 쓸 말도 많지 않았고요.

그러다보니 어느새 제 일기장은 소설 같은 허구의 글로 채워졌습니다. 일기장 속의 저는 의자에서 엉덩이를 한 번도 떼지 않고 밤을 새며 공부를 했고, 옆 학교에 다니는 한 친구에게 다정한 편지를 받기도 했습니다. 그리고 이 소설은 제게만 국한된 것이 아니었습니다. 당시의 제 아버지는 주말에도 한번 일을 쉰 적이 없었지만, 일기장 속에서만큼은 주말마다 낚시를 가거나 등산을 가셨습니다. 가끔 저를 데리고 가실 때도 있었는데 그러면 그날 일기장에는 서해 앞바다에서 회를 먹거나 향로봉에 올라 야호, 하고 외치는 제가 등장하던 것입니다. 그때 저의 일기는 스스로의 시간을 어떻게 지내왔는가를 말해주는 것이 아니라 그 답답했던 시기를 무사히 지날 수 있게 해준 것에 가까웠습니다.

지금도 저는 일기를 씁니다. 물론 고등학교 시절 적었던 허구의 일기가 아닌 실제 있었던 사실만을 적습니다. 하지만 야근을 하고 피곤한 몸으로 돌아왔다거나 새벽까지 술을 마시느라 취했다거나 매사가 다 귀찮게 느껴지는 날에는 쓰지 못할 때도 있습니다. 예전처럼 선생님이 검사를 하는 것도 아니니까요. 그래도 가급적 하루에 한 문장이라도 쓰려 노력을 합니다. 일기장에 써내려가는 글들이 저를 또 새로운 어딘가로 데려다줄 것이라 믿으며, 그냥 씁니다. 오늘은 며칠 전에 적은 일기의 한 대목을 이곳에 옮겨두겠습니다.

벌써 부산에 다녀온 것도 이 주가 흘렀다. 부산역 인근은 그리 변한 게 없어서 좋다. 부산에서 있었던 일들을 제주에 와서야 떠올린다. 맞다. 지금은 제주다. 낮에는 동문시장에 가서 떡을 사 왔다. 내가 돈을 주고 떡을 사는 날이 오다니. 나는 어려서부터 떡을 싫어했다. 물론 지금도 떡을 싫어한다. 다만 떡을 좋아하는 사람을 좋아한다. 제주에서의 잠은 유난히 달다. 잠 같은 잠. 오늘도 그때처럼 깊은 잠을 잤다. 내가두 시간을 잤는지 아니면 수년 동안 잠을 잤는지 모를 기분이 들 정도로. 눈을 뜨니 여전히 제주였기 때문이다. 생각해보면 나는 늘 제주였다. 제주가 아닌 시절들을 지났지만 다시 제주다. 하지만 내일이면 제주의 시간을 떠나보내야 한다. 오늘 이 일기가 떠나기 전의 흔들림을 잠시 묶어둘 수 있을까. 다시 찾은 관음사는 금색이 많아졌다. 그래도 좋다. 병病을 두고 온 기분. 어제 새벽에는 제주시에 있는 병원 응급실에 다녀왔다. 새벽의 응급실은 한산했다. 누워 있는 한 환자가 있었고 그 옆에는 환자보다 더 아파 보이는 보호자가 있었다. 나는 혼자였다. 고열. 비자림에서 가벼운 교통사고를 당해 내 옆 침대로 오게 된 그 아저씨의 이야기는 이곳에 정확히 옮겨 적지 않기로 한다. 언젠가 그 기억이 필요해질 날이 오면 그때의 내가 분명 어떤 곡해도 없이 잘 불러낼 것이다.

정의

사랑은 이 세상에

나만큼 복잡한 사람이

그리고 나만큼 귀한 사람이

있다는 사실을 새로 배우는 일이었습니다

막국수

긴장과 불안의 연속인 삶이 유독 버겁게 느껴질 때가 있었습니다. 그러다 우연히 그 선배를 만났습니다. 그는 대뜸 막국수 이야기부터 꺼냈습니다. 자신이 요즘 출강을 하고 있는 학교 근처에 막국숫집이 있는데, 일주일에 한 번씩 그곳을 찾아 막국수를 먹는 일이 스스로에게 주는 가장 큰 선물이라고 했습니다. 마치 갓 말아낸 국수 한 그릇을 내어놓을 듯, 선배는 막국수에 대한 자랑을 늘어놓았습니다. 그러고는 대화를 마치고 유아용 카시트가 세 개나 실려 있는 승합차를 끌고 유유히 돌아갔습니다.

이후 저는 선배가 입이 닳도록 칭찬했던 막국숫집을 찾았습니다. 비교적 널리 알려진 곳이었지만 점심이 지난 시간이라 그런지 가게는 한산했습니다. 저처럼 혼자 끼니를 때우기 위해 온 사람들 몇몇만 자리를 채우고 있었습니다. 깨와 김과 참기름, 그리고 자극적이지 않은 양념장이 올려진 국수를 막 비벼서 먹다가, 절반쯤 남은 것을 찬 육수를 부어 막 훌훌 마시듯 했습니다. 사실 요즘처럼 제분기로 반죽을 만들지 않을 때 막국수는 메밀의 겉껍질만 벗겨 맷돌 같은 것에 막 갈아 만들어 먹는 음식이었습니다. 다만 이때의 '막'은 함부로 혹은 아무렇게나의 의미가 아닌 편하고 자유롭게라는 의미에 더 가까울 것입니다. 그렇게 막국수를 다 먹고 그 집을 나오는데 막 웃음이 났습니다. 웃겨서 웃는 것이 아니라 기뻐서 웃는 웃음이었습니다.

벗

저는 가까운 벗이 없었습니다. 삶의 어느 시기마다 마음을 주고받은 이들이 많았지만 그 관계를 오래 이어나가는 데에는 소질이 없는 듯했습니다. 이러한 사실에 대해 늘 걱정하고 초조해했습니다. 어려서부터 친해져서 인생의 중요한 순간들을 함께 보내고, 중년과 노년까지도 교우를 이어나갔다는 사람들의 이야기를 접할 때면 더욱 그랬습니다. 처음에는 제 성격 탓을 했습니다. 누구와 친해지는 것에는 자신 있지만 어느 정도 관계가 깊어졌다 싶으면 오히려 조심하고 경계하는 버릇이 제게 있기 때문입니다. 상대에게 속 이야기를 털어놓는 법도 없었습니다. 보고 싶다, 만나고 싶다는 마음을 품으면서도 혹 상대의 마음이 나와 같지 않을 수 있다는 생각에 그것을 입 밖으로 꺼내는 법도 없었습니다. 또 어느 때에는 보고 싶다, 만나고 싶다는 마음을 제 스스로에게조차 숨기기도 했습니다.

자연스럽게 저는 벗 없이 살아가는 일에 적응을 했습니다. 새로운 사람을 만나는 일보다 이미 알고 있는 사람을 만나는 일을 더 좋아하고, 사람을 만나는 일보다 만나지 않는 일을 더 좋아합니다. 낯선 인연이 제 삶에 들어오지 않는다는 사실에 어떤 안온을 느끼면서 말입니다. 그러면서도 한편으로는 기대를 품고 있기도 했습니다. 유배되고 유폐된 마음을 뚫고 들어올 인연이 있지 않을까 하는 기대 말입니다. 그런 순간이 찾아올지, 찾아온다면 언제가 될지 헤아릴 수 없는 일이지만, 아마도 온다면 그 인연은 는개처럼 잦을 듯이, 혹은 어둠처럼 고요하게 올 것 같았습니다.

조지훈, 박목월의 교우기를 좋아합니다. 많은 사람들이 박

두진과 더불어 청록파라고 기억하는 시인 말입니다. 조지훈 시인과 박목월 시인은 1939년 『문장』이라는 문학잡지를 통해 함께 등단을 하면서 서로를 처음 알게 됩니다. 하지만 정작 그들이 실제로 마주하게 된 것은 그로부터 삼 년 후인 1942년의 일입니다. 그해 봄에 조지훈 시인은 경주에 있는 박목월 시인을 찾아갔습니다. 문제는 그들이 서로의 얼굴을 모른다는 것이었습니다. 사진이 귀했을 때이니 그때까지 얼굴을 확인할 수 있는 기회가 없었던 것입니다. 그 까닭에 역으로 마중을 나간 박목월 시인은 인파 사이에서 자신의 이름을 적은 종이를 들고 있었다고 합니다. 두 시인은 보름 정도 경주 곳곳을 유람합니다. 그러고는 각자 삶의 장소로 돌아가 다시 편지를 주고받습니다.

여행이 끝난 아쉬움과 박목월을 향한 그리움을 담아 조지훈은 시를 적어 보냅니다.

차운 산 바위 우에 하늘은 멀어
산새가 구슬피 우름 운다.

구름 흘러가는

물길은 칠백 리

나그네 긴 소매 꽃잎에 젖어

술 익는 강마을의 저녁노을이여.

이 밤 자면 저 마을에

꽃은 지리라

다정하고 한 많음도 병인 양하여

달빛 아래 고요히 흔들리며 가노니……

　– 조지훈, 「완화삼」

그러고는 이 시에 「완화삼」이라는 제목을 붙여두었습니다.

이후 박목월은 답시를 보냅니다. 그것이 널리 알려진 「나
그네」라는 작품입니다.

강나루 건너서

밀밭 길을

구름에 달 가듯이

가는 나그네

길은 외줄기

남도 삼백 리

술 익는 마을마다

타는 저녁놀

구름에 달 가듯이

가는 나그네

   – 박목월, 「나그네」

  그런데 사실 박목월 시인이 처음 「나그네」 초고를 썼을 때에는 남도 "삼백 리"가 아니라 "팔백 리"였습니다. 그러던 것이 작품을 발표하기 전에 퇴고를 하며 오백 리의 거리를 줄이게 된 것이지요. 너무 먼 거리감은 그리움의 정서를 오히려 반감시킨다는 것이 박목월 시인의 생각이었다고 합니다. 이에 더해, 보고 싶은 이가 멀리 있다는 사실을 부정하고픈 마음도 있었으리라 짐작합니다. 그러니 저도 너무 멀리 계시다 생각하지 않겠습니다. 마침 곧 비가 내릴 것 같은 하늘입니다.

팔월 산문

한 계절에서 다른 계절로 넘어설 때 으레 반복하는 일들이 있습니다. 피었다는 꽃을 보러 간다거나 지겠다는 잎을 보러 간다거나 철에 맞는 음식을 먹거나 하는. 여기에 더해 제가 반복하는 일이 있습니다. 그것은 바로 앓는 일입니다.

환절기다 싶으면 어김없이 몸살 같은 것이 찾아오는 것입니다. 콧물을 훌쩍이며 시작할 때도 있고 잔기침을 하거나 편도가 붓는 일로 시작할 수도 있습니다. 시작은 매번 조금씩 다르지만 결국 고열로 이어지는 것이 보통입니다. 어려서는 이월, 오월, 팔월, 십일월. 분기를 조금 이르게 셈해가며 아팠고 청소년기를 지나면서는 조금 대중없이 아팠습니다. 제 몸이 변한 탓인지 기후가 변한 탓인지는 명확하지 않습니다.

병원에서든 주변 사람에게서든 면역력이 좋지 않아 그렇다는 이야기를 자주 들었습니다. 그 말을 듣고서 면역에 좋다는 음식이나 한약 같은 것을 먹어보기도 했습니다. 하지만 환절기 앓이를 건너뛴 적은 없었습니다. 상황이 이렇다보니 어느 시점부터 이것을 그냥 저의 특성 중에 하나로 받아들이게 되었습니다.

사람에게 큰 병은 힘들고 버겁기만 하지만, 감기나 몸살 같은 잔병은 나쁜 것만은 아니라 생각합니다. 잔병은 먼저 사람을 쉬게 합니다. 아프다고 해서 노동이나 학업을 작파하는 것은 그리 쉽지 않겠으나, 적어도 덜 중요한 일들은 하지 않거나 미뤄두게 되니까요. 바닥에 누워 눈을 감았다 떴다 하는 것으로 시간을 보내는 일이 마냥 무용하지는 않습니다. 그러는 동안 평소 하지 않던 생각도 하고, 떠올리지 않았던 기억도 가져다두고, 잊고 지냈던 어느 사람의 얼굴도 불러낼 수 있습니다.

젖은 수건을 이마에 번갈아 올려두며 사람의 몸이 참 신기하다는 생각을 합니다. 평소에는 37도나 되는 스스로의 체온을 감지하지 못하고 살다가도, 0.5도 정도 열이 오른 일만으로도 불덩이가 된 감각을 느낄 수 있습니다. 손으로 어깨를 쓸어볼 때, 물을 마실 때, 음식물이 입 안에서 퍼질 때의 감각도 평소와는 다른 것입니다. 각성과 숙면의 경계를 더 세밀하게 나눌 수도 있습니다. 보고 싶은 누군가가 더 보고 싶어지는 것도 이때입니다. 잔병은 감각을 깨우는 방식으로 사람을 오롯이 혼자이게 합니다.

잔병에 대해 생각하다보면 과거 들었던 한 이야기가 떠오릅니다. 지인의 할아버지에 관한 것입니다. 그분의 할아버지는 해방 전 경상도 내륙의 한 마을에서 의원을 하셨다고 합니다. 사극에서 보던 것처럼 의원이 진맥을 보는 곳에는 수많은 약재와 탕제들이 있는 것이 보통이지만, 할아버지는 조금 달랐다고 합니다. 중병을 앓는 환자가 아닌 경우에는 약을 처방하지 않았기 때문입니다. 집으로 돌아가는 대로 흰죽을 묽게 끓여 먹으라는 것이 처방이라면 처방이었고요. 당시

의원을 찾아오는 사람들의 대부분은 음식을 못 먹어서 아프거나, 음식을 너무 함부로 먹어서 아픈 경우가 많았다고 했습니다. 그러니 이 흰죽은 모두에게 약이 되는 것이었겠지요.

떠나는 여름을 배웅하는 팔월의 끝, 저는 당연히 환절기 앓이를 하고 있습니다. 앓이가 끝나면 읽어야지 하는 책들을 잔뜩 생각해두고도 있습니다. 읽는다고 해서 그냥 한번 휘리릭 넘겨보는 것이 아니라, 반나절쯤 다른 일은 하지 않고 펼쳤다가 접었다가 다시 펼치며 보는 것입니다. 막걸리 같은 곡주를 사다 두었다가 마시며 읽고 싶기도 합니다. 넘어가는 계절 있고 술 있고 글 있겠지만, 사실 없는 것이 더 많을 것입니다.

정 원 에 게

얼마 전 이사를 했습니다. 그동안 살아오면서 몇 번의 이사를 했는지, 이삿짐을 싸면서 셈을 해보았습니다. 부모님과 함께 살던 때에도 종종 이사를 했지만, 혼자 살림을 꾸려가면서부터는 두 해에 한 번 꼴로 자주 이사를 다녔습니다. 이러한 이사의 내력은 자의가 아닌 전세나 월세 계약 만료라는 상황이 만든 것이었습니다.

이사를 한 횟수만큼 다양한 집들을 거쳤습니다. 도시 외곽 버스 종점 근처에 있던 오래된 한옥, 번화가 한가운데에 자리한 신축 오피스텔, 공원과 도서관에 인접한 작은 빌라, 엘리베이터가 없는 4층 건물의 4층 집 등. 저마다의 조금씩 불편한 점이 있었지만 그래도 하나같이 포근했던 거처들이었습니다.

하지만 집에 대한 정이 깊어질 무렵이면 다시 떠나야 했습니다. 그 탓에 머물렀던 집들마다 그리움이 남아 있지만, 그중에서도 유난히 머릿속에 자주 떠오르는 집이 있습니다. 태어난 직후부터 스무 살이 될 때까지 내리 이십 년을 살았던 2층짜리 붉은 벽돌집. 오랜 시간이 흘렀지만 지금도 꿈을 꿀 때면 으레 어떤 사건이 일어나는 배경으로 등장하는 곳입니다.

그 집은 북한산 자락 아래 있었습니다. 저희 집과 같은 설계로 지어진 2층짜리 붉은 벽돌집들이 늘어져 있었는데 요즘 같아서는 타운하우스쯤으로 거창하게 부를 수 있겠지만 그때는 다만 연립주택이라 했습니다. 연립주택 앞에는 정원庭園이라는 이름이 붙어 있었고요. 뜰 정庭에 동산 원園, 정원.

정원연립주택에는 제 가족과 비슷한 삶을 살아가는 다른 가족들이 있었습니다. 동네의 어른들은 하나같이 저의 부모처럼 인자하면서도 엄했습니다. 저를 비롯한 동네 아이들은 남매나 자매나 형제 같았는데, 우리는 장난이 많았습니다. 그러면서도 언제나 성큼 다가와 있는 향로봉이나 족두리봉 같은 높은 산들을 눈에 넣으며 자랐습니다.

앞으로 살면서 얼마나 더 많은 이사를 해야 할지 지금의 저로서는 미처 다 헤아릴 수 없을 것입니다. 맑고 푸른 바다가 보이는 강원도 고성이나 동해에 가서 살고 싶은 마음도 있고 싱싱한 해산물 많은 전라남도 고흥이나 강진쯤에 머물고 싶기도 합니다. 고즈넉한 정취가 남아 있는 서울 정동이나 청운동쯤에 내 집이 있으면 얼마나 좋을까 하는 먼 바람을 가져보기도 했습니다.

하지만 어디에 살고 있느냐의 문제보다는 누구와 살고 있느냐 하는 것이 삶을 삶답게 만드는 중요한 요소일 것입니다. 앞으로 어디가 되었든 좋은 이웃이 되어 살고 싶다는 생각을 합니다. 평소에는 적당한 거리를 두면서도, 계절이 완연한 여름으로 접어든다 싶으면 한 손에는 차가운 청주를 들고 다른 한 손에는 오이절임 같은 것을 들고 찾아드는. 그때 정원에서 살아가던 이들의 삶이 그랬듯이 말입니다. 언제 새로 이사한 집으로 초대하겠습니다. 다만 빈손으로 오셔야 합니다.

어떤 셈법

　네 형편 모르는 것도 아니고. 그러니 내가 칠만 원을 줄게.
너는 오만 원만 내. 그러면 십이만 원이 되잖아. 우리 이 돈으
로 기름 가득 넣고 삼척에 다녀오는 거야. 네가 바다 좋아하
잖아. 나는 너 좋아하고.

다시 술에게

최근 읽은 책 가운데 유난히 마음에 오래 남는 것이 있습니다. 이 책에는 스콧 피츠제럴드, 어니스트 헤밍웨이, 레이먼드 카버 등 미국 현대 작가들에 대한 이야기가 담겨 있습니다. 문학사에 오래 남을 명작들을 남겼다는 것 외에도 이들의 공통점은 더 있었습니다. 먼저 그 작가들은 평생을 방랑하듯 살며, 삶과 현실이 주는 괴로움 앞에 자주 무릎을 꿇었습니다. 그리고 하나같이 지극한 마음으로 술을 아꼈습니다.

물론 그렇다고 해서 이들이 만취 상태에서 글을 썼던 것은 아닙니다. 다만 술을 통해서 일상의 시간을 지배하던 이성이 한발 물러서고 그 위치에 숨어 있던 감성이 들어서는 순간, 그때를 기다렸다가 창작에 열을 올리는 것입니다. 이렇게 보면 좋은 문학이나 예술이란 이성과 감성이 서로 사이좋게 어울릴 때 탄생하는 것 같습니다.

우리 문학사에도 술은 자주 등장합니다. 삶을 아름다운 소풍이라 노래한 천상병 시인은 평생을 무구하고 청빈한 삶을 살았습니다. 시인의 가장 큰 즐거움은 역시 술이었습니다. 다만 천상병 시인은 독주를 마시지 못했던 터라 막걸리와 맥주만을 마셨다고 합니다. 그마저도 맥주는 비교적 값이 나갔던 탓에 원고료를 받았을 때나 가끔 마실 수 있는 것이고 평소에는 막걸리를 가까이했습니다. 시인의 하루는 막걸리 한 병과 같았습니다. 그 시기 막걸리 한 병은 1.8리터 정도 되는 것이었는데 한 홉짜리 작은 잔으로 천천히 나누어 마시는 것으로 시간을 보냈습니다. 시인은 이런 막걸리를 두고 자신의 '밥'이자 신의 '은총'이라고 했고요.

그런가 하면 눈물의 시인이라 불리는 박용래는 늘 풀잎처럼 가벼운 옷을 입었고, 자신보다 술을 더 사랑하여 해질녘이면 흐르는 두 줄기 눈물을 안주 삼아 술을 마셨다고 합니다. 밥상에 오르는 푸성귀를 그날 치의 꿈이 그려진 수채화로 여겼고, 그는 또 자신보다 시를 사랑해서 나날의 생활을 시편의 행간에 마련해두고 살았습니다. 그리고 그는 유독 강술을 마셨습니다. 안주를 거하게 차려두고 술을 마시는 사람을 탐욕적이라 생각하며 조금 경멸하기도 하면서. 전날 마신 강술이 깬 다음날 아침이면 한 번도 거르지 않고 금주를 선언했다고 합니다. 그리고 그렇게 금주를 선언한 날에는 반드시 곤죽이 될 때까지 다시 강술을 마셨습니다.

문학과 술에 대한 이야기라면 「묵화墨畫」라는 시로 널리 알려진 김종삼 시인의 일화들도 빠질 수 없을 것입니다. 그는 소주를 좋아했습니다. 평생 방송국 음향 담당으로 일하면서도 틈을 내어 마셨고 또 어느 시기에는 며칠 동안 다른 음식은 입에 대지 않고 소주만 마셨다고 합니다. 1972년 유신 직후 총을 든 군인들이 시인이 일하던 방송사를 장악했을 때, 어느 헌병의 철모를 손으로 내리친 일을 제외하면 그는 큰 문제 없이 음주 생활을 이어갔습니다. 특히 시인은 다른 사람과 함께 술을 마시는 법 없이 독작獨酌만을 즐겼다고 합니다. 그런 시인의 모습을 떠올리는 것만으로도 적막이 가까워지는 것 같습니다.

술을 즐기는 사람들을 만날 때마다 문득 궁금해지는 것이 있습니다. 그것은 바로 해장법입니다. 어느 정도 경지에 오른 술꾼들에게는 분명 저마다의 해장법이 있을 것이라는 믿음에서 시작된 물음입니다. 마시는 즐거움 후에는 늘 깨는 괴로움이 자리하니까요. 덜 괴롭게 깨는 비법을 잘 마시는 분들에게 듣고 싶은 것입니다.

직접 물은 것은 아니지만 김수영 시인은 술을 마신 다음날에는 꼭 조를 갈아 죽을 쑤어 먹었다고 했습니다. 또 술을 늘 즐겁게 드시곤 하는 한 어른으로부터는 다음날 들깨 가루를 먹는 것이 특효라는 이야기를 들었습니다. 애주가 친구는 벌나무의 껍질을 한번 달여 먹어보라 추천해왔고, 한 일간지의 음식 전문 기자로부터 엉겅퀴로 만든 영양제를 권유받은 적도 있습니다. 하지만 아직까지도 숙취의 명약이라는 것은 찾지 못했습니다. 고민을 더 깊이 가져가보면 아마 그런 약은 앞으로도 나타나지 않을 것이며 또 없는 것이 당연하다는 생각도 듭니다. 어떤 괴로움이든 그것을 충분히 다 괴로워한 후에야 비로소 끝이 나는 것일 테니까요.

몸을 가눌 수 없을 정도로 술에 몹시 취한 상태를 명정酩酊이라고 합니다. 이 단어를 생각할 때마다 저는 취할 명酩 자리에 밝을 명明 자를 넣고 싶어집니다. 밝게 취해야겠다는 생각에서. 이제 점점 하늘이 짙어져갑니다. 언제 가을 하늘처럼 밝게 만나서, 가을 하늘처럼 맑게 취해보고도 싶습니다.

구월 산문

어려서부터 저는 말수가 적었습니다. 타인에게 말을 거는 것이 더없이 어렵게만 느껴졌던 것입니다. 여섯 살쯤 되었을까, 가족과 함께 교외의 한 고깃집으로 외식을 하러 간 적이 있었습니다. 넓은 야외, 등나무 아래 테이블이 늘어서 있고 사람들이 그곳에서 연기를 피우며 고기를 구워 먹던 집, 흔히 무슨무슨 가든이라는 이름이 붙을 법한 그런 곳이었습니다. 문제는 불판에 고기를 올려둔 후에 시작되었습니다. 일을 하시는 분이 고기를 자를 가위를 주지 않고 간 것이었습니다. 어머니는 제게 일하시는 분을 찾아 가위를 가져오라고 했고, 저는 야외 마당을 가로질러 실내에 있는 주방 쪽으로 갔습니다. 이후 그날 저의 기억은 어머니에게 혼이 난 것밖에 남아 있지 않습니다. 그러다 최근에 그 일의 전말을 듣게 되었습니다.

여기서부터는 어머니의 기억입니다. 한참이나 기다려도 가위를 가지러 간 제가 돌아오지 않자, 의아해하며 찾으러 나섰습니다. 화장실이며 주차장이며 계산대 같은 곳들을 다녀보았지만 저는 어디에도 없었다고 했습니다. 어린아이 둘을 데리고 오랜만에 외식을 하러 나온, 그래서 조금 신나고 화기애애했던 마음은 온통 걱정으로 바뀌었습니다. 그러다 한참이 지나서야 음식이 나오는 주방 앞 한편에 멀뚱히 서 있는 저를 보았다고 했습니다. 그제야 걱정이 고성으로 변했던 것이고요. 모처럼의 외식을 망치고 집으로 돌아오는 길, 왜 그렇게 서 있기만 했느냐고 어머니가 물었고 저는 "식당에서 일하는 분들이 너무 바빠 보여서 가위를 달라고 하기 미안했어"라고 답을 했다고 합니다. 답을 들은 어머니는 조금 전의 걱정과는 다른 종류의 걱정을 새로 시작했고요.

어머니의 걱정처럼 저는 유난히 낯을 많이 가리고 타인에게 말하기를 어려워하고 두려워하며 자랐습니다. 가족이나 친한 사람들과 있을 때면 한없이 수다스럽다가도 낯선 사람들 앞에서는 입을 굳게 닫았던 것입니다. 정정당당하게 제 의견을 말하지 못할 때가 많으니 불편과 부당을 보아야 하는 경우도 많았습니다.

반면 장점도 있었습니다. 먼저 불필요한 말을 잘 하지 않게 되었습니다. 필요한 말도 다 하지 못하는 상황에서, 불필요한 말까지 할 겨를이 없었던 것입니다. 또한 말을 내뱉지 못하는 침묵의 시간 동안, 자연스레 그 말을 머릿속으로 굴려보는 습관이 생겼습니다. 마치 한 번도 사랑 고백을 해보지 않은 영화의 주인공이 고백의 순간을 위해 혼자 이런저런 대사를 연습하듯 말입니다. 그만큼 실언으로 상대의 마음을 거스를 일도 적게 되었습니다. 해야 할 말이나 하고 싶은 말을 고르는 것은, 곧 그 말을 들을 상대의 마음을 헤아려보는 일이라는 것도 알게 되었습니다.

정확하게 말하는 것을 늘 꿈꾸지만 가끔은 부정확한 말하기가 반가울 때도 있습니다. 가족이나 연인 같은 허물없이 친밀한 관계에서의 대화라면 더욱 그렇습니다. 단단한 정보보다는 뭉근한 정서를 주고받는 순간들.

며칠 전 기념일을 맞은 부모님을 모시고 고즈넉한 식당에서 점심식사를 했습니다. 집으로 돌아가는 길에 아버지는 "구름은 왜 하늘에 떠 있을까?" 하고 혼잣말을 했습니다. 이 말의 본뜻은 대기 환경에 관한 질문이 아니라 방금 식사를 한 식당이 마음에 들었다는 의미에 가까웠습니다. 그 말을 들은 어머니는 "그럼 구름이 하늘에 떠 있지, 땅으로 내려오냐" 하고 답을 했는데 이 역시 본뜻은 '오늘을 기념해주어서 고맙다'라는 말이었을 것입니다. 저는 두 분의 대화를 이어 구름과 수증기 그리고 강과 바다에 대한 이야기를 했습니다. 어쭙잖은 지식을 늘어놓은 제 말들의 본뜻은 '뭐 이런 것으로 고마워하시냐, 아무것도 아니다'였습니다. 돌아오는 길어느새 한결 부드러운 바람이 불었습니다. 이 뜻은 말 그대로 부드러운 바람이 불었다는 것입니다.

꿈과 땀

꾸었던 꿈과

흘렸던 땀이라

말해야 했는데

꾸었던 땀과

흘렸던 꿈이라

말하고 말았습니다

네 앞에서 이런 잘못은

이제 잘못도 아닌 것이

되어버렸습니다

조언의 결

작은 잡지사에서 처음 책 만드는 일을 배울 때였습니다. 저는 주로 서울 충무로에 있었습니다. 모세혈관같이 구석구석 뻗은 충무로의 작은 골목들에는 출력소와 인쇄소와 제본소들이 줄지어 있었고요. 그곳에서 제가 했던 일은 인쇄되어 나오는 잉크의 채도가 적절한지 혹은 책의 32페이지 다음에 33페이지가 바르게 제본되는지를 확인하는 일이었습니다. 종이 냄새와 잉크 냄새를 번갈아 맡으며 하루종일 뛰어다니면서도 저는 스스로를 무용하게만 여겼습니다. 매번 작업 과정에 별다른 문제가 생기지 않았기에 제가 할 일이 크게 없었던 것입니다.

종이에 인쇄되어 나오는 색은 처음 설정된 색과 다르지 않았고 32페이지 다음에는 33페이지가 그리고 장을 넘기면 34페이지가 사이좋게 놓였습니다. 책의 제작 과정에 사고가 생기지 않는 것은 다행스러운 일이었지만, 한편으로는 스스로의 쓸모를 발견할 수 없는 일과가 더없이 지루했습니다. 그러다 제가 조금이나마 유용한 존재임을 느낄 수 있는 시간이 찾아왔습니다. 그때는 바로 일을 마치고 저녁밥을 먹는 시간, 혹은 저녁밥을 핑계 삼아 반주로 술을 마시는 때였습니다.

함께 일하던 선배는 충무로 골목 곳곳에 숨은 식당들로 저를 데리고 가주었습니다. 유난히 노포가 많았고 또 어느 집은 간판도 제대로 적혀 있지 않아 문을 열고 들어가서야 무엇을 파는지 알 수 있었습니다. 술잔이 한 순배 돌 듯, 충무로 인근의 식당들을 한 번씩 모두 가보았을 무렵, 저는 머릿속으로 좋았던 식당들의 순위를 매기기 시작했습니다. 일이 끝나면 선배에게 오늘은 어디로 가는 것이 좋겠다 하고 제안을 하기도 했고요.

그 선배는 제게 술도 잘 사주었지만 조언도 잘해주었습니다. 조언 기술자나 조언의 달인이라 불러도 좋을 만큼. 조언이라는 것은 대부분 상대가 나를 위해 해주는 도움의 말이라는 것을 알면서도 마음 끝이 조금 까끌하게 일어나기 마련입니다. 그런데 선배의 조언은 결이 달랐습니다. 반발심이나 동요가 일어나는 법이 거의 없었던 것입니다. 선배의 조언 비법은 간단했습니다. 최대한 짧고 명확하게 하며 조언에 대한 상대의 답을 강요하지 않는다는 것 정도였습니다. 하지만 이러한 간단한 원칙은 선배의 조언을 잔소리나 추궁과는 전혀 다른 차원의 것으로 만들었습니다.

"오늘 오전에 인쇄한 책, 사진 설명이 바뀌어 있어서 내가 수정했어. 캡션 부분도 본문처럼 신경을 써야 해"라고 말하거나, "오늘 표지 종이는, 나도 몰랐는데 다른 종이보다 잉크가 더 잘 먹어서 색이 진해지더라고" 같은 말이었습니다. 지적이 아니라 문제를 해결하는 방식으로. 그러고는 으레 웃으며 다른 대화로 화제를 돌렸습니다. 그런 말을 들을 때마다 저는 오늘 아무런 사고도 일어나지 않은 것은 다 선배 덕분이었구나 하는 생각을 했습니다. 조언을 새겨두었다가 비슷한 실수를 하지 않는 것은 저의 몫이었고요. 그렇게 선배 덕분에 큰 어려움 없이 일을 배웠습니다.

살아오면서 상처가 되는 말들을 종종 들었습니다. 내 마음 안쪽으로 돌처럼 마구 굴러오던 말들, 저는 이 돌에 자주 발이 걸렸습니다. 넘어지는 날도 많았습니다. 한번은 이런 생각을 해보았습니다. 상대가 나를 걱정하고 생각해주는 사람인지, 그래서 해온 조언인지. 아니면 나를 조금도 좋아하지 않는 사람이 면박을 주기 위해 하는 말인지. 앞의 경우라면 상대의 말을 한번쯤 생각해보고 또 과한 표현이 있다면 솔직하게 서운함을 이야기해야 할 것입니다. 하지만 뒤의 경우라면 그 말은 너무 귀담아듣지 않기로 했습니다.

나에게 상처를 줄 수 있는 자격은 나를 조금이라도 생각하고 걱정하고 사랑하는 사람만 가질 수 있으니까요. 빛과 비와 바람만이 풀잎이나 꽃잎을 마르게 하거나 상처를 낼 수 있지요. 빛과 비와 바람만이 한 그루의 나무를 자라게 하는 것이니까.

그 선배와 제가 자주 찾던 한 노포가 기억납니다. 도가니 찜을 주로 파는 곳이었습니다. 두꺼운 무쇠 냄비에 도가니와 국물이 자작하게 담겨 나오던. 그리고 냄비 아래에는 숯불이 있었습니다. 직화구이나 훈제도 아닌데 열원으로 숯을 쓴다는 것, 언뜻 생각하면 무용한 일처럼 여겨집니다. 저도 처음 그 광경을 보며 같은 생각을 했고요. 하지만 냄비 바닥을 저어 마지막 한 숟가락의 국물을 넘기며, 어쩌면 지금 당장은 무용해 보일 수 있어도 끝까지 무용한 것은 없다는 생각을 했습니다. 당시의 제가 그랬던 것처럼. 혹은 마지막으로 떠먹은 한 숟가락의 국물이 여전히 따뜻했던 것처럼. 뜨겁지 않은 세상의 모든 말처럼.

다시 행신

용서 못할 사람이 잘못이지, 용서 못한 사람이 잘못인가? 노력해서 누군가에게 용서를 받을 수는 있겠지만 누군가를 용서하는 것은 내 노력으로 안 되는 거야. 잘못보다 더 천천히 와야지, 잘못보다 몇 배는 더 어려워야지. 용서라는 것은 말이야.

가을 우체국 앞에서

원형 계단으로 둘러싸인 공터에서도 다른 손님 하나 없는 24시간 감자탕집에서도 즉흥적으로 떠난 속초 바닷가에서도 선배는 〈가을 우체국 앞에서〉라는 노래를 불렀습니다.

봄이나 여름, 겨울인 적도 있었지만 선배가 낮게 떨리는 목소리로 '가'라고 운을 떼면 어디서 바람이 불어오는 듯했고 이어 '을'이란 음을 붙이면 그 바람에 낙엽이 날리는 듯했습니다. 선배는 매번 눈을 지그시 감고 이 노래를 불렀는데 그

모습이 마치 누군가를 오래 기다리는 사람처럼 느껴지기도 했습니다.

"한여름 소나기 쏟아져도 굳세게 버틴 꽃들과 지난겨울 눈보라에도 우뚝 서 있는 나무들같이"라는 대목을 부를 때에는 "세상에 아름다운 것들이 얼마나 오래 남을"지는 모르겠지만 "아름다운 것들이" 이 세상에 머물다 간다는 사실만은 확신할 수 있었습니다.

노래를 마친 선배가 감았던 눈을 다시 뜨면 우리 앞에 있던 가을도 "지나는 사람들같이 저 멀리" 떠나는 것만 같았습니다.

시 월 산 문

　제가 처음 직접 사진을 찍은 것은 초등학교 5학년이 되었을 무렵입니다. 부모님이 할부로 산 자동카메라를 몰래 가지고 나가 친구들과 사진을 찍으며 놀던 기억이 있습니다. 카메라는 한 롤에 36장 혹은 24장이 들어 있는 필름을 갈아 끼워야 했고 어두운 곳이면 자동으로 플래시가 터졌습니다. 덕분에 밤에 찍은 사진 속의 인물들은 하나같이 빛에 놀란 고라니 같은 얼굴을 하고 있습니다.

이후 제게 있어 사진은 그리 먼 것이 아니었습니다. 소풍 날에는 일회용 카메라를 샀고 줌 카메라를 처음 가졌을 때는 괜히 먼 곳의 풍경들을 당겨 찍었습니다. 이후 손에 꼭 들어오는 디지털 카메라와 입문형 DSLR도 가져보았으며 지금은 하루에도 몇 번씩 휴대전화의 카메라 기능을 사용합니다.

그간 숱하게 사진을 찍으면서도 저는 사실 어떻게 사진을 찍어야 하는지 배워본 적이 없습니다. 마음에 드는 광경이나 좋아하는 사람 앞에서는 한 발 더 가까이 다가가서 찍는다는 것이 제가 가진 유일한 촬영법입니다. 다만 그 사진을 현상해서 앨범에 넣기 전에는 어떤 버릇처럼 혹은 어떤 의식처럼 반복하는 행동이 하나 있습니다. 그것은 바로 사진의 뒷면에 사진을 찍은 날짜와 장소 그리고 사진을 찍을 때의 상황을 간략하게 적어두는 것입니다. 사진은 그 자체로 훌륭한 기록이지만 어느 측면에서는 조금 부족한 기록 같기도 합니다.

먼 곳까지 여행을 가서 사진을 찍을 때, 여행지의 풍경은 담을 수 있지만 그곳까지 나를 따라온 고민이 무엇이었는지는 남지 않으니까요. 유명한 식당에 가서 음식 사진을 찍을 때에도, 그 음식의 생생한 모습은 들어오지만 이 음식을 함께 먹었다면 좋았을 어떤 상대를 떠올리는 우리의 그리움은 담기지 않고요. 다시 말해 몸의 기록을 담는 사진과 함께 마음의 기록을 담는 글을 적어두는 것입니다.

대부분의 사람들이 그렇겠지만 제가 그간 찍은 사진 속 날들은 대부분 특별한 날들입니다. 입학식이나 소풍, 졸업식이나 여행처럼 말입니다. 조금 어색하게 웃는 표정으로 가득한 얼굴들. 반면 기록이 아닌 기억에는 특별한 일보다, 잘 생각도 나지 않을 만큼의 작고 사소한 일들이 더 많이 담겨 있는 듯합니다. 어쩌면 이 작고 사소한 일들이 모여 특별한 일을 만드는 것일 테고요.

우리가 어떤 상대를 좋아하게 되는 것에는 특별한 동기나 연유를 찾을 수 없는 것이 보통입니다. 안타깝게도 상대와 멀어지는 계기도 비슷할 것이고요. 명백한 잘못이 사람의 관계를 갈라놓기도 하지만, 더 많은 경우에서 아주 사소한 이유들로 관계가 멀어지는 것을 경험합니다.

하루의 해가 그러하듯이 그리고 우리의 생이 그러하듯이 삶을 살면서 맺는 관계들도 모두 이렇게 시작과 끝이 있습니다. 시작은 거창했는데 끝이 흐지부지 맺어지는 관계도 있고

어서 끝나서 영영 모르는 사람으로 살았으면 하는 관계도 있고 끝을 생각하기 두려울 만큼 끝나지 않았으면 하는 관계도 있습니다.

분명한 것은 짧은 기간의 교류든 평생에 걸친 반려든 우주의 시간을 생각하면 모두 한철이라는 것이고, 다행인 것은 이 한철 동안 우리는 서로의 가장 아름다운 모습을 잘도 담아둔다는 것입니다. 기억이든 기록이든.

이제 첫서리가 내린다는 상강도 지났습니다. 아름다운 우리의 가을날이 또 이렇게 가고 있는 것입니다.

내가 품은 빛

　며칠 전 경상남도 밀양을 지났습니다. 한번 제대로 가본 적 없는 밀양이지만 이처럼 길 위로 지난 것은 여러 번입니다. 그때마다 같은 생각을 했습니다. 언제 아무런 일도 없이 밀양에 와야지, 여행이라 할 것도 없이 밀양에 와야지, 와서 며칠이고 머물러야지, 하고 말입니다. 이것을 두고 소망이나 소원이라 이야기하는 것은 너무 거창하겠지요. 그러니 희망쯤으로 해두겠습니다.

희망하던 그날이 오면, 저는 아마 밀양역에서부터 걸음을 시작할 것입니다. 역 밖으로 나와서 가장 먼저 그동안 간판만 보며 군침을 삼켰던 밀면집에 들어갈 것입니다. 오후 두시 정도 되는 늦은 점심이나 오후 다섯시쯤 되는 이른 저녁에 들어서서 혼자 테이블에 앉을 것입니다. 그러고는 비빔밀면과 물밀면 사이에서 고민할 것입니다. 만두나 전병처럼 곁들일 수 있는 음식이 있다면 혼자 왔다는 미안함을 핑계 삼아 함께 주문할 테고요.

밀면을 먹으면서 누구를 떠올리게 될지 잘 모르겠습니다. 유난히 신맛을 좋아하시는 아버지를 떠올릴 수도 있고, 면 요리를 먹을 때면 함께 들어 있는 삶은 계란을 남겨두었다가 마지막 남은 면발과 함께 먹던 사람을 떠올릴 수도 있습니다. 혹은 지금은 제가 생각하지 못할 다른 사람이 될 수도 있겠습니다. 누가 되었든 그리울 것입니다. 누가 되었든 그리워서 더 좋아질 것입니다.

밥을 먹고 나온 후에는 천변을 걸을 것입니다. 밀양강은 조금 더 남쪽으로 흘러 삼랑진쯤에서 낙동강과 만나며 스스로의 이름을 숨기게 됩니다. 천변을 걷는 동안 상상력이 좋지 않은 저는 분명 〈밀양아리랑〉의 노랫말을 더듬어볼 것입니다. "날 좀 보소 날 좀 보소 날 좀 보소 동지섣달 꽃 본 듯이 날 좀 보소"로 시작되었다가 "정든 님이 오셨는데 인사를 못해 행주치마 입에 물고 입만 방긋"으로 이어지는 노랫말입니다.

저녁이 깊어지면 숙소도 하나 구할 것입니다. 가방을 내려두고 거칠어진 몸을 씻을 테고 자리에 누워서는 아마 한참을 뒤척일 것입니다. 뒤척이다 뒤척이다 새벽쯤에야 깊은 잠이 들었다가 다음날 아침에 눈을 뜰 것입니다. 눈을 뜨고 나서는 앞에 펼쳐진 낯선 풍경 탓에 아주 잠시나마 멍해지기도 하고요. 그러고는 이내 밀양을 떠날 것입니다.

노상

처음 돌아섰을 때
내 그림자는 너의 방향으로
조금 기울어져 있었습니다

돌아서서 걷다가
문득 뒤를 보았을 때
내 그림자는 바닥에 넘어져 있었습니다

학원 가는 길

어려서 미술학원에 다닌 적이 있었습니다. 엄밀하게 말하면 저는 그 학원에 다녔다고 말할 수 없을지도 모릅니다. 그 학원에 딱 삼 일을 나갔으니까요. 물론 학원비는 한 달 치를 먼저 냈습니다.

저는 그 학원이 싫었습니다. 선생님들은 좋았지만 학원에 가면 어딘가 무섭게 보이는 낯선 형들이 있었으니까요. 첫날 학원에서 돌아온 그다음날부터 학원에 가지 않기 위해 노력

했습니다. 하지만 없는 살림에 큰마음을 먹고 학원을 등록한 엄마는 당연히 이것을 허용하지 않았습니다. 형들보다 엄마가 더 무서웠던 저는 눈물이 가득한 상태로 집 밖으로 나왔고요.

그때 다행히 누나가 따라 나와주었습니다. 누나도 무서울 때가 많았지만 모르는 그 형들보다는 안 무서웠으니까. 저는 누나의 손을 잡고 저기 전봇대까지만 같이 가줘, 아니 저기 육교까지만 같이 건너자, 아니 문구점 있는 골목 나올 때까지 같이 걷자, 하고 애원을 했습니다. 학원이 가까워지면 가까워질수록 내 손을 쥐고 있는 누나의 손등 위에 눈물을 뚝뚝 떨어뜨렸습니다.

십일월 산문
-종이 인형

그를 처음 만난 날을 기억합니다. 어느 모임의 구성원들이 회의를 하는 자리였습니다. 회의가 끝나자 그는 제게 따로 술을 마시자고 했습니다. 마포역 앞 길가에서 맥주를 마셨습니다. 빠르게 취해가는 우리 사이로 퇴근길에 오른 직장인들이 더 빠르게 스쳐갔습니다. 그는 이 모임에서 동갑내기를 처음 만난다며 반가워했고 저는 그에게 나이는 같지만 제가 모임에 늦게 들어왔으니 존대를 해야 하느냐고 물었습니다. 광장과 자취, 문학과 유년 같은 것을 두고도 이야기했습니다. 주로 제가 물었고 그가 답을 했습니다. 우호적이지 않지만 호의를 감추지 못하는 사람. 결국에는 말을 실컷 할 거면서 처음에는 과묵한 사람. 이런 것들이 그의 첫인상이었습니다.

며칠 후 그에게 연락이 왔습니다. 함께 함양에 가자는 말과 함께. 친한 선배가 문학상을 수상하는데 우리 또래의 사람들도 많이 올 테니 여행을 겸해서 다녀오자는 것이었습니다. 사당역에서 함양으로 가는 대절 버스가 출발하기로 했습니다. 그는 버스 출발 시간이 다 되도록 오지 않았습니다. 전화도 받지 않았습니다. 아는 사람이라고는 그밖에 없었으므로 저는 미리 타고 있던 버스에서 내렸습니다. 집으로 돌아가야 하나 망설이는데 멀리서 그가 걸어왔습니다. 뛰지도 않고. 물론 그가 출발 시간에 늦은 것은 아니었습니다. 다시 버스에 올라타니 정확히 출발 일 분 전이 되었습니다.

함양을 다녀온 뒤에 그곳에서 만난 사람들과 뒤풀이 자리가 있었습니다. 문제는 취한 그가 집에 가지 않으려 한다는 것이었습니다. 취한 그는 꼭 종이 인형 같았습니다. 온순했고 가벼웠으며 잘 구겨질 것 같았습니다. 어쩔 수 없이 우리는 가까운 찜질방에서 함께 밤을 지새우기로 했습니다. 그러다 갑자기 잠에서 깨어난 그가, 꼭 가야 할 곳이 있다고 했습니다. 몇 번을 만류해도 굽히지 않았습니다. 누구를 만나러 가느냐는 우리의 질문에 그는 "지금 멀리서 울고 있는 사람이 있어"라는 말을 남기고 먼 새벽길을 나섰습니다.

저는 어느 순간부터 그를 생각할 때마다 박인환이라는 시인을 떠올렸습니다. 1926년에 태어나 1956년까지 서른 해만을 짧게 산 시인 박인환. 「목마와 숙녀」, 「세월이 가면」의 그 박인환 시인 말입니다. 그가 늘 품고 있는 어떤 바람 냄새가 한 번도 만나지 못한 박인환의 체취와 닮았다는 생각도 했습니다. 그가 곧잘 입곤 하는 롱코트가 오래된 사진 속 박인환 시인의 옷과 닮아 보이기도 했습니다.

얼마 전 부산에서 저는 그와 다시 만났습니다. 지역의 청소년들을 대상으로 강연을 하는 행사였습니다. 긴 코트를 입고 온 그를 보자마자 저는 "박인환 같아"라는 말을 숨기지 못하고 건넸습니다. 강연이 끝나고 저는 부산에 처음 왔다는 그와 차를 한잔하지도 않고 헤어졌습니다. 먼길을 혼자 보내고 싶은 괴팍한 마음이 들었기 때문입니다. 부산 서면의 복잡한 골목길로 그의 뒷모습이 사라지고 있었습니다. 눈을 씻어 보아도 그의 모습이 더 보이지 않게 되었을 무렵, 저는 오래전 읽은 박인환의 서간문을 떠올렸습니다.

저는 부산에 방을 얻어서 내려온 것도 아니며, 무엇을 하러 왔는지 도무지 모릅니다. 그저 어떤 불안 때문에 내려온 것 같은데, 그 불안의 정체는 언제까지나 신비로운 것이 될 것이며, 그것은 인식 못하고, 보지 못하고, 우리의 생명이 종막을 지을 것 같습니다.

– 박인환, 「이정숙에게」, 『세월이 가면』, 근역서재, 1982.

기 도 에 게

　우리가 만날 때, 종종 약속 장소를 사찰로 잡곤 했습니다. 종로의 조계사나 성북동의 길상사, 강남의 봉은사 등에서 자주 만났던 것입니다. 소란스럽지 않게 행동하며 스님들의 수행 공간 근처로는 가지 않는다는 기본적인 예의만 지키면 사찰은 호젓한 시간을 보내기에 참 좋은 곳입니다. 불교 신자가 아니어도 말입니다.

　유명하다는 관광지들을 두고 섬에 도착하자마자 가장 먼

저 사찰로 향한 것도 이런 이유였습니다. 그곳은 산간 도로의 초입에 있었습니다. 절로 들어섰음을 알리는 일주문을 지나자 곧은 삼나무와 석불이 절의 두번째 문에 해당하는 천왕문까지 양쪽으로 늘어져 있었습니다. 석불의 수를 세어보니 한 줄에 54개씩 해서 108개였고 같은 듯하지만 모두 조금씩 다른 표정이었습니다.

물론 이것은 불가에서 가장 자주 쓰이는 숫자입니다. 과거와 현재, 미래를 통틀어 우리가 감각하고 또 마음먹는 것으로 빚어내는 번뇌의 수가 바로 108개라고 합니다. 108번 절을 해도, 108개의 알로 만들어진 염주를 굴려봐도 아마 사라지지 않을 우리의 번뇌들.

산문을 들어서며 저는 이런 것들을 그에게 굳이 말하지 않았습니다. 그냥 묵묵하게 걷는 것이 더 좋을 듯했습니다. 그러다 삼나무에 대해서는 짧게 이야기를 꺼냈습니다.

"오동나무나 소나무로 만들어진 관은 상대적으로 값이 나가. 나는 죽으면 삼나무 관에 들어가고 싶어. 어차피 타고 없어질 텐데, 뭐. 그래도 다행인 것 같아. 어느 깊은 숲에서 잘 자란 나무 한 그루와 또 함께 살던 사람들의 슬픔 속에 우리의 끝이 자리하니까."

그는 고개를 두어 번 끄덕이는 것으로 대답을 대신했습니다. 제 이야기가 끝난 것을 알고 이내 걸음이 빨라졌고요. 작은 연못이 보였고 이어 대웅전 등의 건물들이 눈에 들어왔습니다. 우리를 보고 백구 두 마리가 다가왔습니다. 절집의 개들답게 눈매가 선한. 이후 우리는 각자 다른 길을 선택해 사찰을 둘러보기로 했습니다. 저는 대웅전으로 갔고 그는 언덕너머로 보이는 커다란 미륵불로 향했습니다.

사찰에서든 교회에서든 성당에서든, 제가 비는 것은 한 가지입니다. 역설적이지만 저는 아무것도 빌지 않게 해달라고 빕니다. 이 기도에는 욕망을 줄여 마음과 몸을 간소하게 살고 싶다는 뜻도 있지만 '아무것도 빌지 않아도 될 만큼 평온한 일들이 계속되었으면' 하는 큰 욕심도 있습니다.

대웅전에서 나온 저는 바로 옆 지장전을 둘러보았습니다. 그때까지도 그는 저 멀리 있는 미륵불 앞에서 고개를 숙이고 무엇인가 비는 듯했습니다. 어떤 내용의 기도인지 알 길이 없었으나 한편으로는 왠지 알 듯도 했습니다.

며칠 전 다시 그 사찰에 다녀왔습니다. 이번에는 혼자였습니다. 소박했던 이전의 모습과는 달리 그곳은 조금 변한 모습이었습니다. 일주문에서 천왕문으로 향하는 석불 아래에는 LED 조명이 놓여 있었고 절의 건물들은 주황색 기와를 새로 올리고 단청도 다시 칠한 듯했습니다. 그해 우리를 반겨주었던 두 마리의 백구도 보이지 않았고요. 하지만 제가 그곳에서 두 손을 가지런히 모으고 빌었던 기도는 여전히 같은 것이었습니다. 삶이 변할수록, 변하지 않는 믿음들.

크게 들이쉬었다가는 이내
기침이 터져나오는 겨울밤의 찬 공기처럼

덮어두어야 할 때가 있습니다. 갓 지은 밥을 공기에 퍼두었는데 반찬도 따로 담아 상 위에 올렸는데 아직 그 사람이 도착하지 않았을 때, 그래도 언제라도 저 문을 열고 웃으며 들어설 것 같을 때, 그릇 뚜껑이나 보자기를 올리듯 덮어두어야 할 때가 있습니다. 또 덮어두어야 할 때가 있습니다. 내가 무슨 말을 어떻게 했고 네가 다시 그 말을 어떤 식으로 받아쳤으며 그사이 숨어 있는 잘못의 세목들, 이런 것들을 들추어 밝히는 대신 그냥 덮어두는 편이 더 나을 때가 있습니다. 또 덮어두어야 할 때가 있습니다. 나의 마지막과 그 사람의 마지막을 같이 두는 것이 아니라 나의 중간에서 그 사람의 마지막을 보거나 아니면 그가 중간쯤 왔을 때 나의 마지막을 보여주는 것이 더 나을 때가 있습니다. 덮어둔다는 것은 어느 낮은 시간을 그냥 흐르게 하는 것이고, 그곳으로 흘러오는 것들을 마다하지 않고 반긴다는 뜻이며 한참 세상이 지나 그 위에 무엇이 쌓였다 해도 변함없는 것들을 다시 찾아내는 일입니다.

한참을 셈하다

사물마다 셈을 하는 단위가 다릅니다. 한 접은 마늘 백 개를 뜻하는 것이고 한 제는 한약 스무 첩을 말합니다. 사리는 국수를, 톨은 밤이나 도토리 같은 것을 셉니다. 그런가 하면 이제는 조금 낯선 단위들도 있습니다. 북어 스무 마리를 뜻하는 한 쾌, 바늘 스물네 개의 한 쌈, 전지 오백 장 한 연, 기와 이천 장을 일컫는 한 우리처럼 말입니다. 그러다 조금 먼 생각이 들었습니다. 만약 사람의 마음을 잴 수 있다면 이 단위는 무엇이라 불러야 할까요.

참이라고 부르는 것은 어떨까 하고 생각했습니다. 그러면 '한 참'이라 세어도 되겠지요. 한참을 고민했는데 내 답은 여전히 같아라고 말하는 것처럼.

아울러 또다른 생각이 하나 더 있습니다. 사람의 마음을 '채'라고 세는 것입니다. 아시다시피 '채'는 흔히 집을 셈할 때 쓰는 단위입니다. 동시에 이불을 세는 낱말이기도 합니다. 집처럼 이불처럼 온갖 따뜻한 것들에 붙는. 그러니 어쩌면 마음에도 붙일 수 있을 것입니다.

십이월 산문

어떤 일의 이루어짐은 그것을 바랐던 사람의 몫이라 생각합니다. 삶이라는 것이 혹은 계획이라는 것이 늘 마음처럼 되는 것은 아니겠으나, 바람이 선행되지 않는다면 이루어진다는 말 자체는 성립되지 않을 테니까요.

어떤 음식을 먹고 싶어하는 마음이 나를 그 음식 앞으로 데려다놓을 것이고, 어딘가로 가고 싶어하는 마음이 나를 그곳으로 보낼 것입니다. 어떤 대상을 그리워하고 보고 싶어하는 마음은 결국 그 사람과의 만남을 부를 테고요. 그러니 아직 이루어지지 않은 것들이 많다는 것은 앞으로 이루어질 일들이 많다는 사실과 크게 다르지 않을 것입니다. 이는 역시 저의 바람이자 희망입니다. 그리고 믿음이기도 합니다.

바람과 희망 그리고 믿음에 관해 제가 좋아하는 풍경이 하나 있습니다. 산사에서 어렵지 않게 만날 수 있는 장면입니다. 기왓장에 흰 글씨로 자신의 소원을 적는 '기와불사'. 저는 그 기왓장에 적힌 사람들의 소원을 유심히 살펴보곤 합니다. 아직까지 요행이나 무리한 소원이 적힌 기왓장은 보지 못했습니다. 하나의 기왓장에 가족이 서로 다른 필체로 자신의 이름을 적으며 '행복'이나 '화목' 같은 말들을 적는 것이 보통이지요. 그 글자들을 하나하나 눈에 넣으며, 사람의 바람과 희망에는 이미 자신이 이루어낸 것들이 포함된다는 사실을 알게 되었습니다. 행복하고 화목한 가족이 아니었다면 그 깊은 산사까지 여행을 오지 않았을 테니까요. 그 기왓장에 소원을 쓴 가족은 이미 소원을 이룬 셈입니다.

환하게 열릴 한 해의 시간들 속에서 어떤 바람을 품어야 할까요. 그 바람은 어떻게 현실이 될까요. 그리고 현실 앞에서 우리는 어떤 말을 꺼내게 될까요. 한 가지 분명한 사실은 마음의 바람과 삶의 현실과 인간의 말은 서로 그리 멀지 않은 곳에 있다는 것입니다. 이 멀지 않음의 힘으로 우리는 더 멀리 나갈 수 있을 것입니다. 이 역시 오래된 저의 바람입니다.

다시 노동에게

　얼마 전, 한 어느 잡지사로부터 글을 의뢰받았습니다. 경기도에 위치한 한 유리 제조 공장에 다녀와서 그 후기를 써달라는 것이었습니다. 막막한 생각에 거절을 할까 고민했지만 유리를 만드는 공정을 눈앞에서 보고 싶다는 생각에 덜컥 수락을 했습니다. 갓 만들어진 유리가 얼마나 아름다울까 하는 기대도 품었고, 삶의 모습이 꾸밈없이 펼쳐진 생생한 글을 적고 싶다는 생각도 했습니다.

유리공장에 취재를 가던 날 저는 새벽 다섯시경에 도착했습니다. 하지만 다시 그곳에서 나올 때까지 일하는 분들과 몇 마디 대화를 나누지 못했습니다. 촘촘하게 분할된 그분들의 작업 동선에 방해가 될까봐 가까이 가지 못했고 별도의 휴식시간도 없는 듯했습니다.

밥이라도 함께 먹으며 이것저것 물을 생각에 아침식사 시간을 기다렸습니다. 하지만 그분들은 때가 되자 각자 싸 온 도시락을 펴고 단 몇 분 만에 식사를 마쳤습니다. 다시 작업이 시작되기 직전 따라붙어 말을 걸었지만 친절하게 답을 해 주시는 분은 없었습니다. 그렇다고 해서 야속함이나 서운함 같은 감정을 불러내지는 않았습니다. 세상이 노동에게 어느 한번 친절한 적이 없었으니 노동이 그리고 노동자가 세상에 친절하지 않은 것은 어쩌면 당연한 일이라는 생각도 들었고요. 저는 다시 그분들과 멀찍이 떨어져 아래와 같은 메모를 적었습니다.

새벽 다섯시가 조금 넘은 시간, 노동자들이 하나둘 출근을 했다. 유리공장 중앙에는 가마가 있었고 가마 안에는 1600도의 유리물이 끓고 있는 여섯 개의 도가니와 지난밤 내내 가마의 온도를 맞춰온 분이 머물고 있었다.

노동자들은 출근을 하자마자 외투부터 벗었다. 반팔을 입은 이도 여럿이었다. 낡은 콘크리트 건물 밖은 영하 10도의 날씨였지만 가마 쪽으로 몇 걸음만 걸어가면 금세 숨을 쉬기 어려울 정도로 뜨거운 기운이 몰려왔다. 단순 작업을 하는 몇몇의 외국인 노동자를 제외하면 공장에서 일하는 분들은 모두 경력 삼십 년 이상의 분들이었다. 가마에서 비쳐 나오는 빛을 온몸으로 받는 사람들은 제각기 다른 색을 가진 듯했다.

유리를 만드는 공정은 여러 직업을 소개하는 방송 프로그램을 통해 몇 번 본 적 있어 그런지 크게 낯설지는 않았다. 어린아이의 키 정도 되는 스테인리스 파이프 끝을 도가니 속 유리물에 넣고 저으면 유리물이 달라붙고 두어 차례 형틀에 굴려 모양과 두께를 조절한 다음 쥐불놀이를 하듯 허공에서 그것을 흔든다.

그다음 금형에 집어넣고 파이프 끝에 입을 대고 공기를 불어넣어 모양을 만든다. 파이프를 부는 사람과 금형 앞에 앉은 사람은 한 조로 일을 한다. 입바람을 너무 약하게 불어서도 안 되고 세게 불어서도 안 된다.

그렇게 완성된 투명하고 빛나는 사물은, 아직 유리가 아니었다. 새벽 내내 가마 멀찍이서 메모만 하던 나를 의아한 눈빛으로 보아오던 한 분은 라이터 대신 그 표면에 담배 끝을 대어 불을 붙였다. 왠지 기가 죽었다.

유리이기도 불이기도 물이기도 한 상태의 그것들을 자르는 방법은 다양했다. 바람으로도 가위로도 그리고 차가운 물과 더 뜨거운 불로도 그것은 쉽게 잘렸다. 플라스크의 끝을 잘라 500도부터 상온까지 천천히 식히기 위한 컨베이어 벨트에 넣는 것으로 그 공간에서의 작업은 끝이 났다. 물론 작업이 끝났다고 해서 노동이 끝난 것은 아니고 삶이 끝난 것은 더더욱 아니다.

처음 기대와는 달리 너무나 건조하고 딱딱한 글이 완성되었습니다. 하지만 이 글이 더 부드러워질 수는 없다는 생각을 했습니다. 이리저리 어떻게 완성을 해서 잡지사에 원고를 보냈고요.

저는 지금 준법 파업으로 예정보다 출발 시간이 연기된 기차역 승강장에 발행된 그 잡지를 손에 쥐고 앉아 있습니다. 날이 춥기는 하지만 더없이 평온한 마음으로 앉아 있습니다.

겨울 소리

　겨울이 오는 소리는 무엇일까요. 불어오는 바람 소리일까요. 조금 열린 창문을 다시 꼭 닫는 소리일까요. 손등에 마른 입술을 비벼보는 소리일까요. 립밤을 바르고 윗입술과 아랫입술을 붙여 말았다가 한 번에 밀어내는 소리일까요. 거리의 종소리일까요. 서둘러 걷는 행인들의 발소리일까요. 이르게 온 저녁과 오래 머무르는 어둠 사이, 고요의 소리일까요. 지난 이야기들 소리 없이 떠오르는 소리일까요. '주말에 뭐해'

라는 메시지가 도착한 휴대전화의 알림 소리일까요. 이 모든 소리와 소리들. 그 위로 소리도 없이 곧 내릴 눈. 그 눈을 보려고 내가 다시 눈뜨는 소리일까요.

쉼 쉼 쉼

'쉬다'라는 낱말은 여러 뜻을 가지고 있습니다. 먼저 '몸을 편안히 두다. 일이나 활동을 잠시 그치다'라는 의미가 그것입니다. 그런데 이런 의미의 '쉬다'가 우리에게 없다면 문제가 생깁니다. 조금 부정적인 의미의 '쉬다'로 변하는 것이지요. '탈이 나서 목소리가 거칠고 맑지 않게 되다'의 '쉬다' 혹은 '음식 따위가 상하여 맛이 시금하게 변하다' 할 때의 '쉬다'. 더불어 '쉬다'라는 말에는 '빛깔을 곱게 하려 뜨물에 담가두다' 하는 뜻도 있습니다. 따뜻한 물에 몸을 반쯤 담그고 천천히 숨을 쉬어보았던 시간 같은 것으로 이 겨울날이 기억되기를 희망합니다.

우붓에서 우리는

그해 겨울, 술을 마시면서 여행 이야기가 나왔습니다. 따뜻한 남쪽으로 가고 싶다고, 이번 겨울은 마음도 몸도 유난히 춥다고……. 그렇게 우리는 같은 생각을 하고 있었습니다. 하지만 서로의 마음속에 둔 '따뜻한 남쪽'은 달랐습니다.

저는 통영과 제주를 이야기했고 그는 홍콩과 인도네시아의 발리섬을 이야기했습니다. 아무래도 상관이 없었습니다. 통영이든 제주든 홍콩이든 발리든 우리는 그곳의 길을 천천히 걸을 것이고 밤이면 깊은 잠에 들 테니까요. 개운하게 자고 일어난 다음날 아침, 그곳이 제주라면 따뜻한 몸국을 먹고, 통영이라면 맑은 복국을 먹는 상상도 했습니다. 다만 가본 적 없는 홍콩과 발리에서의 아침 식단은 상상하지 못했습니다.

여행 경험이 많은 그의 말을 따라 인도네시아의 발리섬으로 가기로 했습니다. 그중에서도 우붓이라는 도시로 가자고 했습니다. 〈먹고 기도하고 사랑하라〉라는 영화의 배경이 된 곳이라 그가 덧붙였습니다. 여행 이야기를 주고받는 동안 우리는 취기가 올랐고 술집을 나와 밤길을 걸었습니다. 숨을 크게 들이쉬면 관자놀이가 아파올 정도로 추운 날씨였습니다.

얼마 후 우리는 발리 덴파사르 공항에 도착해 있었습니다. 숙소 근처 가게에서 맥주를 몇 병 샀습니다. 초록색 병에 담긴 맥주는 탄산이 적고 맛이 연해서 두 번 세 번 연거푸 넘겨도 좋았습니다. 발리에서의 첫날을 그 맥주로 달게 보냈습니다. 숨을 크게 들이쉬면 몸속이 다 촉촉해지는 것 같은 덥고 습한 날씨였습니다.

이튿날, 우붓으로 이동을 했습니다. 발리까지 와서 푸른 바다와 아름다운 해안을 뒤로하고 내륙과 산으로 가는 기분은 무언가 무용해서 좋았습니다. 우붓은 지대가 높은 산간 마을이었습니다. 해발 600미터 정도라고 하니 강원도 평창이나 제주의 산간쯤 되는 높이일 것입니다. 큰 석상과 조각 그리고 밀림 같은 숲과 계단식 논들이 그곳에 있었습니다. 저는 그 논들이 경남 남해의 다랑이논을 빼닮았다고 생각했지만 그에게 말하지는 않았습니다.

우붓에는 회화와 조각과 음악과 공예가 있었습니다. 온화한 기후와 풍부한 일조량과 강수량, 비옥한 땅 덕분에 우붓은 삼모작은 기본이고 사모작까지도 가능한 곳이라고 했습니다. 우리처럼 모내기를 하지 않고 직파를 해도 되고, 갈라진 논에 물을 어렵게 끌어와 대지 않아도 되고, 농수가 부족해 이웃과 얼굴을 붉히지 않아도 되고, 퇴비를 뿌리지 않아도 되고, 농약을 치지 않아도 되는 땅이었습니다. 그런 연유로 오래전부터 우붓 사람들은 하루 대부분의 시간을 공예품을 만들고 악기를 연주하는 것으로 보냈다고 합니다. 그런 누대의 삶을 살아온 현지인들은 여유가 넘쳤고 친절했고 온

화했습니다.

또 우붓에는 기도가 있었습니다. 집 앞과 상점 입구와 곳곳의 사원 둘레에는 꽃과 과자와 과일, 향 등이 담긴 조그만 바구니가 수없이 늘어져 있었는데 이것은 힌두교도들이 신에게 바치는 제물이라고 했습니다. 삶을 살아가면서 믿는 대상이 있다는 것은 그 자체로 축복이자 다행스러운 일 같습니다. 물론 두려움이나 죄의식 역시 믿음의 이면에서 탄생하지만, 나 자신의 생각과 행동을 돌아보는 데에서 시작되는 감정이니 나쁜 것만은 아닙니다.

또 우붓에는 우리가 있었습니다. 모든 게 낯선 곳이었지만 혼자라는 생각보다 함께라는 생각을 더 많이 했습니다. 낮이면 영어에 능숙한 그를 따라 우붓 거리 곳곳을 걸어다녔고 밤에는 맥주를 마시다가 지금까지의 제 잘못을 떠올리다가 다시 맥주를 마시다가 잠이 들었습니다. 돌아오던 날까지 이런 일정의 반복이었습니다. 함께한 그가 우붓에서의 첫날을 기록해놓은 글을 이곳에 옮겨둡니다. 이것은 그의 이야기이지만 저의 이야기이기도 합니다. 저와 그의 이야기가 같이 적힐 수 있는 까닭은 그때 우리가 함께 있었던 덕분입니다.

그곳이 우기라는 것은 우리에게 별 상관이 없었다. 이왕 올 비라면 세상이 끝날 것처럼 내렸으면 좋겠다고 이야기하며 나갈 채비를 했다. 호텔에 짐을 부리고 나온 우리는 주린 배를 움켜쥐고 한 식당을 찾아 들어갔다. 이국적인 향이 가득한 밥을 허겁지겁 먹기 시작하자, 또한 이국적인 날벌레들이 규칙 없이 얼굴로 부딪혀왔다. 대기 가득 물기가 스며 있던 곳, 오토바이 기름 냄새가 밤낮으로 진동하던 곳, 그곳에 우리는 함께 있었다. 손에 땀이 차면 바지에 닦아가며 다시 손을 잡았고 끼니마다 맥주를 함께 마시며 좁은 골목을 네 발로 촘촘히 걸었다.

냉온

그해 살던 집. 입김이 새하얗게 뿜어져 나오던 욕실. 온수를 한참을 기다려야 했습니다. 점점 미지근한 물이 나온다고 해서 몸에 물을 뿌려서는 안 되었습니다. 그러다 다시 차가워지는 경우가 다반사였으니까. 얼마간은 더 기다려야 했습니다. 손끝을 대어가며 언제쯤 따뜻해질까 고개를 갸웃하던 그때 나의 표정은 지금의 너와 꼭 닮았습니다.

이쪽과 저쪽

 고무공이나 테니스공 하나면 충분했습니다. 먼저 적당히 떨어져 있는 두 지점을 설정합니다. 예를 들면 한쪽 끝은 이 전봇대로 삼고 반대편 끝은 저 은행나무로 정하는 것입니다. 공격 팀의 아이들은 이쪽에서 저쪽으로 뛰었고 다시 저쪽에서 이쪽으로 뛰어왔습니다. 이것을 얼마나 많이 반복하느냐가 관건이었고요.

 다만 이쪽과 저쪽을 오갈 때는 조심해야 합니다. 수비하는 친구가 던진 공에 맞지 않도록. 반대로 그 공을 몸에 맞지 않고 내 주먹으로 쳐서 멀리 보내면 그동안은 한결 편하게 양쪽을 오가며 뛸 수 있었습니다.

이 놀이의 가장 큰 특징은 두 팀을 나누어 경쟁하는 듯하지만 사실 점수를 매기지 않았고 그러니 승패도 가늠하지 않았다는 것입니다. 이곳과 저곳을 신나게 뛰어다니다 지치면 공격과 수비를 교대했고 나머지 아이들도 지치면 자연스레 "우리 그만하자"라고 말하며 놀이를 마쳤던 것입니다.

이 놀이를 하던 때로부터 멀리 떠나왔습니다. 같이 놀던 친구들도 흩어졌고 뛰어다니던 골목도 이제는 사라졌습니다. 하지만 저는 어쩐지 아직도 이것을 하고 있는 것 같습니다. 누군가 다가온다 기대했다가 누군가 떠나간다 슬퍼하고 어제의 걱정을 끝냈다 싶었는데 새로 오늘의 걱정을 하고. 이쪽과 저쪽을 오갑니다. 끝도 없이 오가고 있습니다.

기 다 림

지상의 모든 사랑이 그러한 것처럼, 애초부터 새는 이 세상
에 존재하지 않았거나 어쩌면 날아가기 위해 존재하는 것인
지도 모른다.

- 박정만, 「자서」, 『박정만 전집』, 외길사, 1990.

책을 펼치면 이 문장만은 어김없이 저를 기다려주고 있습
니다.

남쪽

누가 먼 곳에서 부르면 가야지. 당장은 못 가더라도 길이 아무리 고단해도 가야지. 멀리 있는 이를 이유 없이 부르는 사람은 없으니까. 누가 멀리서 부르면 가야지.

변화

서로에게 변화했으므로

시간은 우리를 웃자라게 했습니다

계절 산문

1판 1쇄   2021년 12월 20일
1판 6쇄   2024년 10월 2일

지은이   박준

책임편집   변규미
편집   이희숙 이희연 오예림
디자인   최정윤
마케팅   김도윤 김예은
브랜딩   함유지 함근아 박민재 김희숙 박다솔 조다현 정승민 배진성 이송이
제작   강신은 김동욱 이순호

펴낸이   이병률
펴낸곳   달 출판사
출판등록   2009년 5월 26일 제406 - 2009 - 000034호

주소   10881 경기도 파주시 회동길 455 - 3
✉   dal@munhak.com
🐦ⓕⓞ   dalpublishers

전화번호   031 - 8071 - 8683(편집)
           031 - 8071 - 8681(마케팅)
팩스   031 - 8071 - 8672

ISBN   979 - 11 - 5816 - 143 - 9 03810